俳句以後の世界

宇井十間

フォルムと語り――序にかえて

「俳句」とは偶発的な何かでしかないが、同時に一つのフォルムでもあるだろう。本書はこの偶発性とフォルムをめぐる種々の考察である。長いようでしかし短い定型詩の歴史の中で、フォルムと歴史的実在は、いつも合わせ鏡のように表裏をなしている。フォルムとは、一方で「俳句は俳句である」という自同律の主張であり、他方でしかしその俳句そのものの偶発性を反映する何かである。換言すれば、フォルムとは、一様性と多様性のせめぎ合いである。そしてそれは、単に形態の問題ではない。多くの定型詩の書き手は、フォルムを単なる音数律（ないしその他の形態的・音韻的諸要素）と同一視してしまう。それ故、一見するとまるでフォルムの問題は、単なる意匠の問題であるかのように考えられる。しかし、ほとんど全てのフォルムは歴史的時間や種々の事件と不可分であり、時々の社会状況や言語の有様とともにその内面を様々に変容させている。端的に言えば、フォルムとは定型詩の「虚」であり、歴史はその「実」である。しかし、実際上多くの場合、虚実はいつも判別し難い。現在「俳句」と呼ばれるものを可能としている種々の何かは、それら自体がフォルムの一部をなしており、そして同時に歴史の中の事件でもあるのである。

金子兜太が岡井隆との共著という形で『短詩型文学論』を発表したのは一九六三年、彼が初めて「造型」に言及したとされる「俳句の造型について」（一九五七年）や、それをさらに理論的に発展させた「造型俳句六章」（一九六一年）から、さほど隔たっていない時期である。いわゆる「造型論」は、現在から振り返って見ると種々の理論的問題を伴っているとはいえ、「写生」という曖昧な概念からはじまった近代俳句の中に一つの全く別の流れをつくったという点で、俳句史における一つの転換点であったという事ができるだろう。しかし、『短詩型文学論』における俳句論の中心的な論点は、意外にも近代俳句史や表現方法論そのものではない。それは簡単にいえば、フォルムについての考察であり、とりわけ一つの韻律論である。その冒頭で、俳句とは「最短定型詩型」であると再定義される。

俳句の特色は十七音と季語にある――というのが従来の常識であるが、このうち季語をはずし、十七音に替えて「最短定型詩型」という概念を採用したい。俳句はわが国短詩形文学のなかでも最も短い定形式の詩型であるということ、そのことが特色のすべてであるということである。

（『短詩型文学論』107頁）

むろんこれ自体は、ややありふれた俳句定型論であって、歴史的にそれほど真新しい主張ではない。同書における彼の俳句論が重要である理由は、「最短定型詩型」という概念そのものにはなく、あるいはそれを暗喩の論や抽象の方法と関連づけるその論理にあるのでもない。より本質的なのは、それらの論を通じて彼が、「俳句は俳句である」という自同律に対する懐疑を表明している点であり、そしてその懐疑が由来する必然性を可能な限り系統的に述べようとしている点である。当時の兜太を突き動かしていたものは、俳句というものをそれまで可能としてきた何かを明らかにし、場合によってはそれを破壊しても構わないという強い意志である。つまり、近代俳句の成立から約一世紀を経て、当時すでに暗黙の了解事項となってしまった多くの前提を一度取り払い、俳句という多様体を裸の現実として把み取りたいという欲望が、兜太の六十年代を支えている。そしてそのための一つの手段が、韻律論であったのである。

　引用にあるように、『短詩型文学論』において兜太は、従来俳句（というフォルム）を定義するとされてきた十七音と季語という二つの主要なエレメントのうち、まず季語をその属性から除外する。その上で、十七音というもう一つのエレメントに関して、種々の文献に基づきつつさらに詳細な批判を加えている。同書において兜太は、「抽象」に関する問題を（前述の造型論の論旨に即して）一度整理した上で、9表現Ⅳ（韻律）の章において、リズムと音楽性、文語定型と口語定型について、そして最終的には俳句定型の崩壊の可能性についてもはっきりと言及している。

　私は「造型論」のやや性急な暗喩と心の理論を必ずしも肯定している訳ではないし、ましてその創作方法論を評価しているとは言えない。しかし、「造型論」の論理とその帰結は、現代俳句における表現形式の変遷を正確に預言していたと解釈できる面がある。もっと広義にいえば、「造型論」とは、俳句において、俳句を捨てて世界を見てみようとした試みであったと言う事もできるだろう。

本書は金子兜太について論じたものではないし、そもそも私の立場は様々な理由で必ずしも兜太のそれと同じではない。さらに言えば、この本において展開される幾つかのテーゼとその帰結を十分に考え抜くためには、私は、兜太が考えていた問題圏を大きくはみ出していかざるを得ないだろう。しかし、にもかかわらず、書の冒頭で「造型論」とその韻律論に言及する理由はただ一つである。『短詩型文学論』における俳句論は、（「造型俳句六章」等において）とりあえずは歴史的な経緯に沿って主題的に把握された「造型」とそれに伴う種々の問題を、新たにフォルムの問題として捉えなおす試みである。換言すれば、それは時代の不誠実さを批判するための書である。現在でも「俳句」と呼ばれる何かは、極めて多くの人々によって作られ続け、また消費され続けているが、それを兜太と同じ烈しさで疑ってみた書き手は、私の知る限りであまり多くはない。所謂伝統俳句なり、あるいはすでに過去のものとなった前衛俳句なり、有季定型なり無季俳句なり、いずれの形態を選択するにせよ、「俳句」と呼ばれるそれを知り尽くしていると言いたげな、ある種の不誠実さは今でも其処此処に観察される。『短詩型文学論』における形態論は、そうした不誠実さに対する兜太なりの違和感の表明であったはずである。そして本書において（またそれ以後）私が考えていたのも、この種の違和の感覚である。

俳句とは一面で一つのフォルムであるが、同時に一つの出来事であり、多くの作り手はその事を忘れている。換言すれば、それは制度であると同時に生活である。兜太において韻律の一様性と多様性は、この両面を映す鏡である。

俳句定型が一つの歴史的フォルムであるとすれば、韻律論（またはより広く種々の音楽性）はその表現と技法を語る上で本質的であるのは言うまでもないのだが、兜太が当時考えていたのは単なる技法論をはるかに越える様々な問題である。その核となるのは、「記載」と「口誦」の対比である。翻って、韻律は本書で問題としていく様々な主題のほんの一つに過ぎないのだが、全体の理解のために有効であろうと思われるので、兜太の論旨をここで要約してみよう。

『短詩型文学論』における彼の韻律論は、その多くを久松潜一による詩歌研究に依っている。兜太の解釈によれば（そしてそれはだいたいにおいて正確な解釈である）、久松は「記載的詩歌」と「口誦的詩歌」を対比し、前者が純粋文学的であるのに対して、後者は文学的であると同時に音楽的・舞踏的要素と結びつくと述べている。久松自身の語で言えば、後者は「歌謡」性と呼ばれる（『和歌史第1巻　日本詩歌概論』13頁）。久松によれば、書かれた詩歌と違って、歌われる詩歌（「歌謡」）においては、相対的に句の音数が一定しない傾向がある。自由で当意即妙な歌謡は、必ずしも記載詩歌のリゴラスな音数律に支配されない。そして再び兜太によれば、俳句形式がメロディアスで流暢な短歌的調べから脱却して「最短」状態における「定型」を獲得したときに、記載的詩歌のリゴリズムが極限に達したと言えることになる（191頁）。しかし、それは必ずしも俳句というフォルムが安定した形態であることを意味しない。

やがて何時かは、その字余りが口語によって全面的に行なわれるようになりつつ、文語定型を崩し去ることになるであろう。そこにどうやら口語定型の誕生を迎えることになる（後略）（198頁）

つまり、少なくとも巨視的にみれば、やがては（五七五を基調とした）内在的な韻律習性そのものも崩れ去ることになるであろう。そして、日本語という言語が必ずしも安定した言語的基盤とは言えない現代の状況を考えると、この予測は必ずしも的外れではない。

本書は総体として、「俳句」というこの偶発的な何かをめぐる、フォルムと種々の歴史的体験についての論考である。大まかに言えば本書の論旨は、俳句表現における歴史的変遷を（やや恣意的な素材を用いてではあるが）辿りながら、フォルムの問題からここで言う「語り」へとその主題を次第に移行させている。これはしかし、その時々の状況と必要性に応じて書かれた論の幾つかが、たまたまそのような歴史的経緯をなぞっていたという事に過ぎない。各評論はそれぞれ独立の主題について論じているし、むしろそのように読んでもらった方がよいはずである。だが同時に、そうした雑多な論のあれこれが一つの集となった時に、個々の論が可能にするよりも明確な像を結ぶという事も確かにある。例えば「不可知について」を書いていた当時、私はそれが歌謡性や韻律論のようなかなり独立した主題とある連続性を持っているとは全く考えていなかった。しかし全体を通読してみると、この歌謡というテーマが本書を通底する一つの基調音である事は、かなり明確である。そして、現在の私の関心は明らかに後者にある。

『花間一壺』（田中裕明）の中で印象に残っているものに、次の句がある。

　ゆつくりと掃く音のして小鳥村

人よりも小鳥が目につくような静かな村で、庭を掃き清める微かな音以外には聞こえるものは何もない。そして、掃き清めるその動作がこの上なく「ゆつくりと」していることが、この村の静けさをかえって明瞭に印象づける。あるいは、禅寺の枯山水であろうか。後年の「小鳥来るここに静かな場所がある」（『先生から手紙』）を思わせる静寂の世界であるが、小鳥という明確な焦点がない分だけ、掲出句の方が経験の純度が高い。

　ここには時間という全く次元の違うフォルムが顔を出している。表現されているのは、いわば神話化された日常性であり、あるいは端的に時間の体験そのものである。そして知ってか知らずかその表現は、フォルムの純粋性を、語りや謡の次元から取り戻す試みともなっている。歌謡の舞踏性や演劇性と対比されるべきは、この種の神話性である。一方でしかし、「造型論」当時の金子兜太は、この擬似神話的な表現世界の深層に、不定形な意識の流れや歴史の多様性を見ていたはずである。そして非常に単純化して言ってしまえば、私が本書で最終的に追求していくのも、そのような多様性の次元に他ならない。換言すれば、田中裕明がここで束の間見出したような時間という体験が、一つの歴史的出来事に過ぎない事が私の興味を引くのである。

端的に言えば、本書はフォルムという可能性とその究極的な不可能性についての著作である。俳句という偶発的な何かは、確かに一面で明確なフォルムであり、リゴラスな形式ではあるものの、その内実は、語りの不安定さや多様さとともに歴史の中で必然的に動揺していくはずである。それ故、兜太が当時微かに予感していた未来は、すでに我々にとって思いの外確かな実体を持っているのである。

参考文献

岡井隆・金子兜太『短詩型文学論』（紀伊國屋書店　復刻版　二〇〇七年）
久松潜一『和歌史第1巻　日本詩歌概論』（東京堂　一九六〇年）

俳句以後の世界＊目次

俳句以後の世界

Ⅰ　俳句と俳句以後

不可知について——純粋俳句論と現代

1　歴史と現在

我々にとって歴史とはつねに知りえざるものであり、ある一つの事実が歴史として確定されるという事は、それが他の多数の同じく歴史的に確定された事実と不可分な関係にあるという事と同時に、それよりさらに多数の他の事実が歴史の中から消えるという事である。歴史は、つねに無数の顔をもっている。人は、不可知の地平においてしか、それについて語る事ができない。ヘイデン・ホワイトが、歴史学の方法について語った文章の中で、歴史とは発見されるものであると同時に物語られるものであると言っているが、この議論をさらに敷衍してみれば、我々にとっての歴史の意味というものは、事実がまず発見されてしかる後に解釈として成立するというのではなく、むしろつねに事実とともにあるという事ができる。未来の事はわからないとよく言われるが、現在や過去についても状況は同じなのである。

俳句の解釈史、表現史、あるいは広く俳句論というものについても、事情は基本的に同様であって、ある一つの作品観、俳句観が我々の時代を特徴づけるという事は、同時にそれがそれ以上の多数の何かを我々から見えなくしているという事でもある。今見えている何かは、常に、見えない多数の上にしか成立しえない。本当の意味では、人は、俳句について、あるいは歴史について、何も知らない。たとえば一つの芭蕉観、一つの表現、一つの方法がある時代を特徴づけてしまうとき、同時にそれ以外の無数の何かがその時代から消えている。私がいつも考えざるをえないのは、このような多様性そのものである。むろんだからといって、私は、歴史の本質は我々にとって無関係な非知であると考えているわけではない。むしろ逆に、変化する歴史という現象そのものが、我々を未来へと衝き動かすこの上ない基盤であると思っている。懐疑主義という思考の方法にこそ、俳句の歴史の豊かな可能性がある。先に私は、未来のみならず、現在や過去もまた本質的には不可知であると言ったが、それならば未来を過去としてみる習慣を止めて、過去を未来としてみるべきなのである。

　私はここで、俳句の歴史の中で、所謂「純粋俳句」論と呼ばれているものについて語るつもりであるが、しかし私はこれを、歴史の中に生起した一つの事実として論じようと考えているのではない。変化する歴史、形成しつつある歴史という観点にたって、「純粋俳句」という概念の意味そのものよりも、その可能性について考えてみたいと考えている。俳句の評論にかぎらず、批評とは概念の仕事であろうが、しかし概念とは、事実によって意味が確定されるように考えるのではなく、意味によってはじめて事実が確定するように思考する事である。私は、山本健吉の純粋俳句論をある一面で評価しないが、その事自体について語るよりも、山本の理念が俳句の未来に対してもつある重要な意味を捉える事を目指したいのである。

2　意味とフォルム

俳句の方法は、常に意味論とかかわっている。この事は即ち、俳句が、意味を否定する（少なくとも、そういう傾向をもつ）詩型だという事である。そして、それはさらに、「現前詩」という思考様式とふかくかかわっている。言いかえると、俳句は、何かが「（意識に）あらわれる」という事の意味を、つねに我々に問いかける詩型であるという事である。私は、この小論でまずその事について語りたいと思う。

意味の「否定」とは、どういう事か。一つの例を挙げよう。小津安二郎の映画『晩春』の中で、その終わり近く、笠智衆の演じる父親と、娘の原節子が、嫁入り前の最後の旅行をする場面がある。その旅先の旅館の一室で、娘と父親の間にはある緊迫したやりとりがあるのだが、問題はそのシーンの後の場面構成である。両者のやりとりが一段落したそのすぐ後に、なぜか小津は、部屋の片隅に置かれた壺のショットを挿入する。そこから場面は展開し、翌日の竜安寺での会話へと変わるのである。この壺のショット（とその直後の竜安寺の石庭のショット）は、非常に印象的であるにもかかわらず、物語の具体的な展開とは独立して成立しているように見えるために、かえってその意味についてさまざまな解釈を可能としている。（『晩春』の壺のショットについては下図画像参照。）実際、このシーンについては、実に多くの解釈がなされてきた。ここでの父娘の会話に近親相姦的なモチーフを読みとって、壺に性的欲求の比喩を見るという解釈（表面上の親子の会話の背後に、性的な求愛の交感を見るわけである）すら存在する。しかし、問題は、そのような解釈の姿勢そのものが、ある基本的な事実を見落としてしまう事にある。これらのショットにおける映像表現は、解釈以前の静的な一つのフォルムとして成立しているのであって、そこに何か特定の意味を読みとるべき性質のものではもともとないのである。壺は、ただひたすらそれとして、何らの意味付けもなくそこに描かれている。それが理解できるかどうかが、小津を理解する際の大きな分かれ目になる。（そして俳句についても、同じ事が言えるだろう。）こうした表現の型式を、私は先に「現前（詩）」的表現と呼んだのである。これはちょうど、俳句が、前後の意味付けの文脈から切れて詩として成立する事と似ている。その例を見てみよう。

古池や蛙飛こむ水の音

後述するように、この芭蕉の句は、山本健吉にとってさまざまな意味で純粋俳句の典型であると言えるが、しかしそもそも、この句が俳句の古典であり、多くの人々に強い印象を与えるその理由は何か。この「古池」の句は、何らかの特定の意味を通して我々に語りかけるわけではない。「悲しい」とか、「さみしい」といったある特定の感情的体験を指示するわけでもない。それどころか、この句には、「美しい」という形容すらあてはまらない。この句の眼目は、むしろそれらの特定の意味を否定するところにある。それは、意味よりもフォルムを追究する方法であり、それが俳句表現の意味論的な特徴なのである。「美しい」という事すら的はずれにしてしまう何かが、この句の特徴である。この句のように純粋に形態として成立している表現においては、意味を語りはじめた瞬間に、批評家の言葉はそのエッセンスを取り逃がしてしまう。

もう少し厳密な意味で、俳句表現の現前性とはどういう事か。「現前」（プレゼンス）とは、その字の通り、何かが現在として（遅延する事なく）目の前にありありとあらわれるという意味である。当然そこには、時間性の問題や、知識の問題などさまざまな理論的問題がある。しかも、それどころか、そのようなもの（現前的認識）が果してありえるのかという質問さえ、成立てる事ができるであろう。しかし、我々にとって、当面それらの理論的な事柄は、関心の外にある。とりあえずは、現象そのものを記述する事につとめてみよう。

例えば、私の眼前に、今ありありと机がみえている。この机は、ある一定の角度から、ある一定の仕方で、ある一定の用途や意味を伴って、私に対して立ちあらわれて来る。私はここから、さまざまな方向に思考や推論を展開させていく事が可能である。例えば、この机についてのさまざまな記憶を想起し、将来にわたっての期待を追う事で、連続した物語的体験としての対象の意味を考える事もできるだろう。あるいは、この対象の種々の性質（堅さや重さや冷たさなど）を推論し、心の中でその一つ一つを追体験する事もできる。あるいは、対象に対するこうした体験的態度を一度離れて、科学的実験対象としてこれを扱う事も可能である。しかし、こういった事のすべてが最終的に可能になるためには、まずこの机が、意識の上にたちあらわれてこなければならない。そして我々がこうした意識へのたちあらわれ方を何らかの形で反省する事ができるのは、上述のさまざまな内面的な意味（認識の時間的性格）を一度遮断して考える事によってである。現前詩の様式とは、こうした意識の働きをさしている。現象学的な用語に親しんでいるならば、現前と言うかわりに志向性と言ってもよいだろう。俳句において、古池や滝や白鳥が現前するとは、それらが、我々に意識されるそのままのたちあらわれ方と意味を伴って、言葉の上に定着されるという事に等しい。

同じく『晩春』のラストシーンで、笠演じる父親が独りでりんごの皮を剝いている場面がある。父親は、今結婚式から帰ってきたばかりである。しかし、ここで表現されているのが、娘を嫁にやった後の父の「悲しみ」である必要はない。そうであれば、あのように抑制された映像表現のもつ意味がわからなくなるであろう。描かれているのは、第一義的には、物語化され、内面に転化する以前の自然であり、切断された「沈黙」であったはずである。このシーンの撮影で、笠は小津に泣きの演技をするように言われながら、泣かなかった（あるいは泣けなかった）と言われているが、今から見ると私には、その方がむしろ自然に見える。

しかし、山本は、こうした俳句型式のもつ表現的特徴について何を語りえたのか。次に、山本の「純粋俳句」論を、やや詳細に見てみよう。

3　純粋俳句の様式論

私は、ここで「純粋俳句」におけるフォルムの考察からはじめてみる事にしよう。山本健吉が、「純粋俳句」の基本理念について語ったとき、その議論の多くの部分は、俳句の形態論あるいは定型論として展開されたように思われる。例えば、『挨拶と滑稽』の冒頭で言及される「時間性の抹殺」は、この種の形態論の典型である。むろん『挨拶と滑稽』も『純粋俳句』もそれだけに主題を限定しているわけではないが、しかし、この特異な俳句定型論が、彼の「純粋俳句」論における基本的なテーゼの一つである事は疑いない。

山本は、『純粋俳句』についての評論の中で、次のように書いている。

加藤楸邨氏は、俳句は「読み了へたところから再び全句に反響する性格がある」と言っています。これはなかなか卓見であります。これと同じことを芭蕉は「発句の事は行きて帰る心の味なり」と言っています。俳句も十七音の言葉の連続である以上、形式としては時間の法則に従わざるをえない運命を担っているわけですが、了ったところからふたたび全句に反響しようとする、あるいは行き着いたところからふたたびもとへ帰ろうとする性格を持っているということは、俳句という短詩型が、おのれの詩型の時間性をみずから否定しようとする傾向を内包していることを物語るものだと思われます。（全集八、58―59頁）

これに続けて、山本は、「形式における時間性と内面における反時間性とが、無限に摩擦し相剋し合うところに、俳句的な性格が確立される」（同59頁）とし、俳句における「切れる」という事の実質が、「時間的な律動の流れの中におのずから生れてくる読者の期待を断ち切ること」にあると結論付けている。切れの問題についてはひとまず置くとしても、ここで山本が記述しようとした俳句の「俳句的な性格」が、最終的には、私が今述べた現前という表現様式に帰着する事は容易にみてとれるだろう（実際、山本も文中で「現前」という語を一度使っている）。俳句の表現が現前詩という形式をとりやすいとは、どういう事か。それは、俳句の言葉が、文法構造や時間的な予期や記憶によって形成されるさまざまな意味性をすべて総合して、一段抽象度の高い意識へのあらわれを形成するという事である。要するに、簡単に言えば、分析以前の具体的経験を、可能な限りそのままの形で表現するという事である。柿は赤いとか、柿は甘いという判断は、我々の経験のほんの一部でしかない。それ故、そうした判断はそれ自体では俳句にならない。「悲しい」とか、「さみしい」といった内面的な感情（の判断）も、俳句では極力抑制される。俳句は、そういう特定の意味判断以前の表現をめざす傾向があるという事である。そのもっとも先駆的かつ古典的な成功例が、先の「古池」の句なのである。

こうした俳句表現の現前詩的性格については、言葉の違いこそあれ、多くの論者がすでに様々な形で言及している。しかし、それを以下に引用する柄谷行人の文章ほど簡潔かつ的確に説明しているものは、私の知る限りではあまりない。『俳句　百年の問い』（講談社学術文庫）に掲載されている柄谷の形態論を、少し詳細にみてみよう。

俳句はたんに短いのではない。それは、和歌において、下の句の七七によって、完了し内面化されてしまうものを、中途で切断してしまうものであり、そうであるがゆえに、切断＝未完成を含んでいる。したがって、短さが短さに終わらない。（同書、434頁）

まず注意すべきなのは、ここで柄谷が述べている「未完成」とは、例えば坪内稔典がいうところの「片言性」とは似て非なるものであるし、いわゆる「余韻」などと言われるものとも全く違うという事である。ここで柄谷が語っているのは、もっと本質的な「未完」の事である。その事は、まずは、これに続く部分ではっきり説明されている。

俳句は、物がリアルに描かれているからではなく、内面化される手前での中断をはらむがゆえに、即物的にみえるのだ。子規はいう。「発句《ほっく》に於《おい》ては、歌よりも短しと雖《いへど》も。一種特有の質ありて。言外に余情を含蓄するに於ては。詩や歌の比にあらず」（「発句と新体詩」『俳諧矯風新誌』明治二十三・十二）。しかし、この「余情」は、内面的に回収することを拒む中断から生じるというべきである。（同上）

「未完」という事は、俳句の言葉が短いゆえに言い切る事が難しい（片言性）という事実を指しているのではない。短くてもなにかを（とりわけ描写を）言い切る事はいくらでも可能なのであって、言い切るか否かが俳句の表現を特徴付けているわけではないだろう。例えば、次の句について考えてみよう。

声なくば鷺うしなはむ今朝の雪　（千代尼）
ちるさくら海あをければ海へちる　（高屋窓秋）
白鳥といふ一巨花を水に置く　（中村草田男）

どれもすでによく知られた句であるが、これらをここにならべてみた意図は、柄谷の「未完」という事を、特に「片言性」と区別して示したかったからである。そのためには、こうした絵画的な構図をもつ句の方がわかりやすいと考えたので、これらの句を選んだまでである。どの句も技法的に完成された句であり、それぞれの句意はほぼ明確に確定しているといってよいであろう。つまり、どれもそれぞれのイメージを描き切っているという意味で、「片言」ではない。しかし、それでもこれらの句は柄谷のいう「未完」なのである。それはどういう事か。それは結局、提示される一つ一つの表現が、現前詩という形式をとりやすいという事実をさしているのである。現前という現象は、なにかが受け手に対して直接的に与えられるその仕方をさしている。（むろん、そんな事が本当に可能なのかという疑問は当然のこるであろう。）現前的な表現の特徴は、（それがどういう性質のものであるか、あとから反省して意義づける事はできるであろうが）第一義的には意義付けができない事にある。つまり、俳句がめざす表現は、描写が批評的、推論的、あるいは物語的な意味を付与される事を避けて、現前的なフォルムの段階に止まる事をめざす傾向にある。（それ故、山本は先の引用の中で、「（俳句表現は）時間的な律動の中に生まれる予期を断ちきる」と言っているのである。）俳句における切断は、しばしば意味付与の過程で起こる。

さらに例をあげよう。

鶏頭の十四五本もありぬべし

子規の代表句とされながら、虚子によって黙殺され続けたこの句については、従来たくさんの論考があり、今その一つ一つを詳細に論じるゆとりはない。しかし、この句についての私の考えを言えば、句の眼目は、鶏頭が十四五本ありありと眼前に提示される（それが実際上の写生であるのか、想像であるのかは問わない）その表現の直接性にあると思われる。「ありぬべし」をどのように解釈するかは、その後の問題である。要するに、俳句は、この子規の句に典型的に見られるように、その形態的特徴からして、意味を切断された表現の直接性を志向する傾向をもっており、それを私は俳句の現前性と呼ぶのである。形式と表現とのあいだにどこまで必然的な関係が成立しているかは難しい問題であるが、少なくとも、俳句の音韻的形式とその短さが、こうした表現の方法を可能にした主要な要因であるとは言えるであろう。もしそうであるなら、『挨拶と滑稽』の「純粋俳句」論が、表現形態としての俳句の現前についての記述からはじまるのは当然の事である。

先に私は、俳句の方法は、つねに意味論とかかわってかつそれを否定する傾向をもっており、それ故、俳句は、何かが「（意識に）あらわれる」という事の意味を、つねに我々に問いかける詩型であると述べた。この点が、山本の（少なくとも「純粋俳句」論における）俳句形態論の核心をなしている事は、すでにある程度明らかになったであろう。ここでの私の論の一つの目的もまた、俳句形式のもつこうした内在的性格を明らかにする事であった。

しかし、それだけではない。表現形式としての現前詩という概念は、立論の仕方こそ真新しいかもしれないが、要するに俳句の歴史の中でたびたび述べられてきた事を、多少とも体系立て論じているに過ぎないだろう。しかし、私が論じたいのは、さらにその先にある。私は、俳句が単に意味論的な面で特異であると思っているのではない。俳句における現前詩という形式は、それ自体は歴史的に形成された一つの心的装置、言語機械であるにすぎないが、俳句にはさらにそれを踏まえて探究されるべき様々な可能性がある。私は、その意味で、俳句がそれを超えていく可能性を常にもっている事、いやむしろ俳句における現前という形式そのものが、そこから多様な表現を形成する装置である事、その事についてもっとも語りたい。その点で私は、後述するように、山本の諸論（とりわけ軽みの）に対する中村草田男の時々の反応が重要であると考えている。草田男の「第三存在」ほど、同時代の俳人批評家たちにもっぱら批判的に取り上げられたものも珍しいが、その実作上の試みが成功しているかどうか（また、それが正確に説明されているか）は別にしても、草田男の理念は極めて先駆的であって、現代詩における田村隆一や谷川俊太郎の仕事を先取りしていると考える事さえできる。のみならず、草田男の示したおぼろげなヴィジョンは、俳句の現在におけるさまざまな問題を、すでに予見している。しかし、それについて論じる前に、私は、山本健吉の残した仕事をもう少し丁寧に追跡してみなければならない。山本の批評的仕事と草田男の理念とは、歴史的にも内面的にも、相互に密接な関連性をもっている。それ故、まずは、今一度山本の「純粋俳句」論にもどって考えてみよう。

4 「歴史」という問題――『挨拶と滑稽』について

先にも述べたように、『挨拶と滑稽』は、その冒頭第一節から、「時間性の抹殺」という一つの形態論的テーゼからはじまっている。俳句における表現の一つの顕著な特徴が、描写における現前詩の形式であるとすると、山本にとって「純粋俳句」とは、ひとまずは、現前詩としての俳句の性格を極限まで追求した表現の形態の事であるという事ができる。むろん個別の作品の中に例外は多数あるだろうし、そもそもそうした非時間性のテーゼが、俳句の内在的性格を十分に語り尽くしているかどうかという疑問もある。私自身は、山本の観察にかなりの部分同意するが、だからといって、私は、それが現存するすべての俳句表現にあてはまると考えているというわけではない。むしろ、理論からはみだしていくものにこそ大きな可能性がある事がしばしばであり、当然山本の形態論にもそれなりの限界はあるだろう。すなわち、俳句というものは、その内在的性格において記述され尽くされるものではなく、むしろ不可知なものをつねに追いもとめていく不断の運動である。しかしそれでも、現前詩というフォルムが、俳句という方法の開発したもっとも豊かな可能性の一つであるとは言えるであろう。要するに、俳句はそういう様式によって自身を主張し、それによって現在まで歴史的継続性を維持してきたのである。「切れ」。現前という言葉が耳なれないならば、「切れ」と言いかえてもよい。現前詩とは、即ち「切れ」の様式の事である。

しかし、山本の「純粋俳句」論は、少なくとも初期の『挨拶と滑稽』その他の一連の評論群を見るかぎりでは、この後やや唐突に、歴史研究の方法へと傾斜していくのである。今『挨拶と滑稽』のその後の論旨を、簡略にまとめてみると、第二節において連歌の歴史における本意、本情の重要性について述べた後、第三節で山本は、芭蕉以前の俳諧が、こうした本意の世界に対するパロディーとして成立した事情をやや詳しく追っている。ごく大雑把に言えば、この第二節と第三節がそれぞれ表題にある「挨拶」と「滑稽」に相当する。そうした歴史的な経緯を踏まえた上で、論の核心は、次節において正風の確立へと向かう。

談林の傍若無人の高笑いを知る者にとっては、この句（引用註――芭蕉の「古池や蛙飛こむ水の音」の句を指す）の示す拈華微笑《ねんげみしょう》の閑寂な境地は、新しい啓示であった。人生を笑いのめし洒落のめすために生れた者なぞ、元来あるわけもないのだ。モリエールにして彼の終生の念願は、悲劇を書くことに在ったという。放蕩無頼の滑稽の徒も、このような深い啓示に触れては、笑い抜いたあとの笑い切れぬ己れの心の一隅をはっきり示されたも同然だった。笑いを本願とする人たちの心の中の盲点を、この句は次々にあらわにして行く。その速度は意外に早かった。（全集八、41頁）

ここで、正風確立の「古池」の句が、釈尊がマハカシパ（摩訶迦葉）に対して禅の悟りを伝授したとされる拈華微笑の逸話になぞらえて描かれている。むろんこうした書き方は、それ自体芭蕉俳句についての過度の理想化であって、その歴史認識の不正確さを批判する事は簡単であろう。しかし、それにしても第二節から第四節にかけての山本の書き方はいかにも巧妙であって、その立論の急所を決してはずしてはいない。のみならず、その展開を丁寧に読んでいくならば、その最終場面である第四節では、ある種の高揚感すら感じさせるほどである。さすがに一つの俳句論としては、相当秀逸なのである。その内容について見ても、個々の論の方向性はそれほど的外れではなく、たとえば山本は芭蕉における正風の確立を「芸術創造における思索行為の深まり」(同書、45頁)と表現しているが、ここで正風の本質を「思索の深まり」と理解する事は、俳句表現についての一面の真実を語っていると言えよう。

私はしかし、各論において山本の仕事を評価するにしても、その立論の全体像について、ある不満を感じる。結局のところ、はじめに第一節で、「時間性の抹殺」の形態論として出発したはずの山本の純粋俳句論が、なぜ芭蕉とその正風確立の歴史的事実をめぐって展開する事になってしまったのであろうか。さらに言えば、山本にとって、一体歴史とは何であろうか。先に私は、歴史とは常に不可知の地平においてのみ思考され語られ得るものであると述べた。しかし、山本の語る歴史は、少なくとも『挨拶と滑稽』の全体の構図を見る限り、どこか予定調和的であり、既成の理解によりかかった解釈の安易さがかいま見える。要するに、山本は、芭蕉こそ俳句の原型的理想像であり、いわばアララギ歌人にとっての万葉であってほしいと願望しているだけなのであって、それ以上の何かをここで語りえているわけではない。そうした山本の予定調和的な思考が、『挨拶と滑稽』における第一節と第二節以降との主題的断絶となってあらわれてしまったのである。それ故、もともと俳句の形式論ないし内面論として出発したはずの「純粋俳句」論が、最終的に「挨拶」と「滑稽」からその後の正風の確立へとその議論を収斂させていく事になる。要するに、山本にとって、純粋俳句の本質は、滑稽と挨拶を基とした即興性にある。そして、この三つの理念は、結局山本が自らの芭蕉研究から抽象してきた成果であるから、山本が純粋俳句について語るとき、それは結局、俳句における芭蕉本質論に帰着してしまうのである。

芭蕉をどのように解釈し、現代に対して位置付けるか、それが山本の関心事の中心をなしているのであろう。しかし山本は、俳句という詩型のもつ内在的性格を、あまりに軽視している。一つの詩型は、歴史的産物である以上に、それ自体が可能性の器であって、歴史を語る事と形式を語る事は（相互に関連しあってはいても）同じではない。言い換えると、この二つの観点の違いは、歴史についての根本的な見方の相違にある。山本は、純粋俳句論において、次元の違う二つの議論を巧妙にすりかえてしまうのである。山本が俳句の内在的な力とその性格について十分に考えていたならば、「現前詩」あるいは「内面性の遮断」としてはじめに定義された純粋俳句の理念が、安易に歴史上の俳句表現の一形態と同一視される事はなかったはずである。

いったい山本は、なにが言いたかったのか。カルナバル的なポリフォニックな多様性について語りたかったのか。それとも俳句の座の共同性とその同質性をこそ論じたかったのか。山本の言う「滑稽」の本質を前者に見出す事ができるとすれば、「挨拶」とは等質な共同体の内部でこそ成り立つ現象である。この二つは必ずしも同じではないどころか、むしろはじめから互いに相容れない性格を持っている。最後に、「即興」とは、この段階ではあまり詳しく触れられていないが、後に「軽み」論として展開されていく芭蕉論の端緒をなすものである。そして、この「軽み」の理解をめぐって、山本と草田男の個性が激しくぶつかる事になる。

俳句の批評は、つねに過去にではなく、未来に向かって書かれるべきである。言い換えると、純粋俳句という言葉で人々が何を言おうとしたかが問題なのではなく、むしろ何を言うべきであったかが問われるべきなのである。草田男の精神性は、山本健吉の純粋俳句論にある新しい可能性を与えている。以下、それについて考えてみよう。

5　「軽み」と即興性

山本健吉の俳句評論の一つの成果が『純粋俳句』であり、各論としての『現代俳句』にあるとすれば、いったいなにが晩年の軽み論へとつながっていくのであろうか。数ある山本の評論の中で、一連の軽み論は、とかく誤解されやすいものの一つである。現代俳句の趨勢について言えば、その少なからぬ部分は、軽み論の誤解に基づいていると言ってよいであろう。「軽み」というと、えてして単に軽い俳句、あるいは簡明な日常句を意味するものと見えてしまう。しかし、山本が言っていた事は、それとは異質な何かである。山本は後に、軽みを即興と言いかえ、自身の俳論の論旨を、「滑稽」「挨拶」「即興」の三つの命題に収斂させている（『「軽み」の論』）。初期の「純粋俳句」論の一つが『挨拶と滑稽』と題されていた事を考えると、この「軽み」論への転換は、滑稽論、挨拶論から即興論への転換であったとも言いうるであろう。しかし、この両者の関係は、意外に密接なのである。先に『挨拶と滑稽』において触れた摩訶迦葉の例を思い出してみると、山本にとって「純粋俳句」の典型をなす芭蕉の基本的精神が、すでに拈華微笑の禅的な境地として捉えられていた事がわかる。しかし、こうした正風の禅的境地から自由自在の即興性までは紙一重であり、それ故、山本の「軽み」の論の原型は、『挨拶と滑稽』において正風の確立を禅のメタファーによって特徴づけた時にすでに用意されていたと言ってよい。どちらの立場においても、「内面の遮断」として定義された「純粋俳句」の基本的な性格が、その様式的な土台をなしているのである。従って、後に述べる山本と草田男との相違は、一面ではそのまま大乗仏教及び禅仏教と（狭義の）哲学（つまり、ギリシャ以来の西欧哲学）との対立に対比させて理解する事が可能である。そして、その核心は、意味の問題（あるいは内面性の問題）にあると解してもさほど間違いではないように思われる。

「軽み」について、もう一つ例を挙げよう。山本が俳句の即興性について語るとき、しばしばひきあいに出されるものの一つに、芭蕉の「眼前」の句がある。

即興について考えるとき、私は芭蕉が時々使った「眼前」という言葉を思い浮かべないではいられない。

馬上吟

道のべの木槿《むくげ》は馬にくはれけり　（『甲子吟行』）

この句は野ざらしの旅の折、大井川を越えてからの作だが、この詞書は、真蹟本その他「眼前」とあるものも多い。（中略）乗っている馬がひょいと首を伸ばして、道ばたの木槿の花を食い、食われて木槿の花は眼前から消え去ったのである。その驚きがモチーフであるから、「眼前」という詞書は言わば創作の機微に触れている。（全集八、159頁『「軽み」の論』）

この後山本は、古い歌学用語として、「眼前体」「見様体《みるようたい》」とは「見たままをそのままに、あまり趣向を働かさずに詠む和歌の一体」であると指摘した上で、詞書にある「眼前」を「見たまま、ありのままを、少しも飾らず」詠んだまでだという芭蕉の謙抑の気持も含まれたものとする。そして、山本は、俳句の制作の中に句案や趣向といった作意を可能なかぎり介在させない事が、即興性の品格であり、それが芭蕉の到達した境位であると結論するのである。

しかし、我々の文脈からすれば、ここで「作意を介在させない」「ありのままの」「自然」とされた即興性が、そのまま俳句表現の現前詩性という特徴に極めて近いという事がわかるであろう。両者に共通するのは、作家ないし読者の内面性をできる限り遮断して、意味を介在させない直接性の表現をめざす点にある。軽みをめざす即興性と、純粋俳句の様式的性格とは、その表現技法の各論において異なっているにしても、ある種の態度を共有している。『挨拶と滑稽』と『「軽み」の論』との間には、時間にして約四半世紀の開きがあるが、山本の理論的関心は驚くほど一貫している。それ故、初期の「純粋俳句」論は、そのまま山本の「軽み」論の理論的核をなしていると言ってよい。

その「軽み」論については、山本の一連の評論の他に、盟友草田男による「軽み」論批判が残されている。その多くは全集に未収録であるので一つづつ詳細に言及する事はここではできないが、幸いな事に、草田男の講演録である『俳句と人生』が出版されており、その一部は軽みについても触れている。在米の図書館に入っているものでは、これがほとんど唯一のまとまった資料である。しかし、それと関連して、まず『銀河依然』の跋文にある「第三存在」についての著名な発言を見てみよう。

（『銀河依然』所収の作品においては）「思想性」「社会性」とでも命名すべき、本来散文的な性質の要素と純粋な詩的要素とが、第三存在の誕生の方向にむかつて、あひもつれつつも、此処に激しく流動してゐるに相違ないのである。すべては途上にある。

（『中村草田男全集2』、205頁）

引用部分は、『銀河依然』跋文の中でも当初から広く引用され、批判にさらされたものだが、一見して、草田男が、山本とは非常に異なった視点から俳句を見ている事がわかる。むろん、その論旨は、必ずしも明確ではない。今から見ると、「思想性」というものがそのまま散文性に等置される草田男の論脈は、やや短絡的にすぎると言えようか。草田男は、思想は散文（的要素）であると考えているようであるが、それは表面的な理解であって、思考というものは本来時間を越えていく性格をもっているものである。草田男の言う「永遠相」と思想的性格とは、必ずしも矛盾しない。「思想性」が、詩的に表現される事ができないという理由はない。しかし、「思想性」が「社会性」と密接に関連していた当時の状況を考えれば、草田男の考えている事はそれなりに理解できる。だがそれにしても、草田男は、思考する詩型としての俳句の性格を十分に述べえていない。この点に関する限り、「純粋俳句」を「時間性の抹殺」として捉えた山本の方に分があると言えるだろう。

草田男の軽み批判の要点は、何か。草田男は様々な形でこの問題に言及している。今その一つ一つを詳細に記述する事は、ここでは控える。草田男の話題は多様であり、ときにニーチェを引用したりしながら、繰りかえし俳句理念としての「軽み」を批判している。しかし、草田男にとっての最終的な問題は、次の引用中に端的に現れている。

私は軽みということをどうしても肯定しがたいのはどうしてかというと、やはり、驚きたいからです。

（『俳句と人生』259頁）

草田男は、俳句において「驚きたい」のである。しかし、俳句を即興性と見る山本にとって、驚きとは作意して成立するものではなく、むしろその逆に、作意の無さによってはじめて本質的に可能となるものであった。ここに、両者の対立の一つの原因がある。対立は、少なくとも表面的には、草田男の側の誤解に基づいている。「軽み」とは、少なくとも山本の理解に依拠する限り、単なる簡明な日常句というだけではなくて、むしろその即興性にその本質がある。そして、即興性と「驚き」とは、本来必ずしも矛盾しないはずである。（例えば、永田耕衣の特に晩年の句業が、そのよい例ではないだろうか。）しかし、我々にとって重要なのは、なぜ（何について）両者が対立しているかではなく、その逆に、両者が共有している問題そのものである。草田男の所謂「第三存在」は、全く別の意味で、「純粋俳句」を批判しつつ発展的に解消したものと考える事もできる。ではそれは、どういう意味においてであるか。またそれは、俳句の現在とどのようにかかわるのか。

6　純粋俳句と「世界俳句」

私はここで、個人的な体験について少し語ろうと思う。私はここ数年、所謂「世界俳句」あるいは「国際俳句」の大会と呼ばれるものに出席し、そのうちの何人かの参加者とは、それなりに議論を深めてきたつもりであるが、そこで知りあった多くの外国人たちにとって、俳句という現象がいかに不安定なものであるかにいつも驚かされる。通常、俳句の共同体というものは、良くも悪くも閉鎖的な共同体であって、その中にいる限り、俳句にかかわる当事者自身が俳句の意味について考える必要はほとんどないであろう。しかし、一度その外に出てしまえば、事情はまったく変わってしまう。俳句に外からかかわる外国人にとって、俳句はもともと何ものでもないし、またそうした人々と話している私にとっても、俳句は何ものでもなくなるのである。世界俳句の大会というのは、しばしば複数の「彼ら」と出会う場であり、また自身を「彼ら」として提示せざるをえない場であると言ってよいであろう。それゆえ、概念としての世界俳句は常に不安定であらざるをえないし、また常にそうであったのである。私には、なにか日本の俳句というごときものがすでにあってそれを外国語に翻訳したという形でそれを理解する事も、それぞれの外国語で書かれた俳句がすでにあってそれを読むという形でそれを考える事も、ともに特に意味があるとは思われない。我々がその同一の語彙を使用している間は、少なくとも我々の間では単一の概念について語っているように思えるが、それが錯覚ではない保証は、どこにもないのである。

　しかし、文学史の問題として考えてみれば、実はこうした事情は格別新しいものではない。一つの解りやすい例を挙げれば、「文学」という概念がすでにそうである。典型的なのが、近年毀誉褒貶の甚だしい漱石の「文学」である。漱石が明治期に「文学」を書きはじめたとき、彼にとって「文学」とは自明な概念では決してなかったと言われている。これは一つの仮説にすぎないが、漢籍としての「文学」と、輸入概念としての文学 literature と、そのどちらにも一致しない不安定な形で漱石の「文学」はあったと言う。我々が今言う概念としての「文学」は漱石には自明なものとしては見えていなかったのだが、同じ事が今の「世界俳句」についても言えるであろう。

しかし、ふりかえって考えてみれば、(「世界俳句」にかぎらず)「俳句」はいつでもそうであったし、そうでないように見えるのは我々の予断でしかないとも言える。芭蕉や子規や草田男あるいは耕衣にとって、今我々が後から考える形での俳句というものが、はじめからあったわけではなかった。彼らが俳句を考えるときに、今ある俳句の古典は存在せず、それゆえ俳句はむしろ、非定形の問いかけとしてそこにあったのであろう。

私にとっても、俳句は総じて理解しがたい現象であり、答えであるよりも問いであったといっていいであろう。大学に入学したての駒場時代に、はじめて俳句に接したのが某退官教授の俳句ゼミであったが、私の基本的な考えは当時からほとんど変わっていないと言ってよい。私には俳句がわからなかったし、まったく同じ意味で今でもわからない。「世界俳句」の大会の現場には、僅かながらもそういう思考を許容する雰囲気があったのだが、しかし同時に、そうした不安定な思考はともすれば一定の解釈の中に回収され一元化されてしまいやすい。私にとって、山本健吉の「純粋俳句」論は、そのような一元化の過程を分かりやすく示す一例である。『挨拶と滑稽』の中で、俳句の形態論がやすやすと歴史解釈の手段に転用されていく過程を見ていると、山本健吉は結局、「俳句」という現象そのものを、ある種の必然性であるかのように解釈しすぎていたのではないかと私には思われる。漱石の例を挙げるまでもなく「文学」がもともと何ものでもないように、「俳句」と言われる現象もまた、はじめから一つの歴史的な定義を与えられるような何かではないのである。山本の中で「俳句」は決して疑われる事がなかったし、それが山本のある種の強みですらあったのだろう。山本にとってはそれでよかったかもしれない。しかし、問題は、今我々にとっては、こうした俳句本質論ないし実在論は、あまり説得力がないどころか、それ自体一つの時代錯誤でしかないという事である。

山本自身が、こう語っている。「この安定した型式は、実は無限の不安定の中に在る。（中略）このアポロ的な芸術を真に徹底的に生かし得るものは、ディオニシッシュな精神でなければならぬ。」（全集八、25—26頁）と。山本はここで、俳句の様式論について言っているのであるが、しかしもともと様式の問題は、その実践の問題と切り離しえない。だとすれば、「純粋俳句」論は、山本自身の意図を越えて、一つの全く別の歴史観、俳句観につながる可能性をもっているというべきである。

草田男の一番の魅力は、彼が技術者として俳句型式の内在的性格に誰よりも精通していながら、同時にそれをまったく自明のものとして見ていなかった点にある。先の「第三存在」についての言及を見ても、草田男は、俳句という存在そのものについてつねに懐疑している。一方で、前掲の白鳥の句に見られるように、俳句の現前的表現において極めて熟練している彼が、同時に俳句の思想性についてたびたび言及しているのをみると、草田男にとって、俳句というものがいかに不可思議な存在として見えていたかがわかる。『銀河依然』の跋文に見える草田男の所謂「第三存在」論は、当時あまり評判が良くなかったものだが、今見るとこれもまたこの稀にみる実験者の深い思索性をそれなりに示していると言える。

俳句が意味を疑い内面を遮断する詩型であるとすると、そうした俳句の様式性は、そのもっとも純粋の形においては、それ自体への懐疑に向かわざるをえない。俳句は、繰り返し自らを無化し、繰り返し思考の詩型としての自らの本性に還ってくるものであり、また事実そのように存在してきたのである。俳句表現の現前的様式は、こうした俳句の自己言及性を可能にする心理的装置である。

むろん草田男の懐疑性については、俳句型式の内在的性格というよりも、草田男本人の資質によるところが大きいと思われるが、それにしても俳句が草田男に出会ったという事自体が、俳句にとって幸運な出来事であった事は確かである。「軽み」論において意見を異としたはずの山本健吉自身が、草田男のこうした資質を認めている。

俳句のこれまでのワクの中に、自分の抒情の場所を見出だそうとするかぎり、草田男はそのような発言（引用註──先の「第三存在」を指す）をする必要はなかったはずである。（中略）草田男の『銀河依然』は、（中略）自分の道をうめきながら探している苦悶の句集であり、私はそれはついには俳句を否定し、超克するところまで来ざるをえないと思っている。俳句という、もっとも伝統的な場所でそれが実験されることに、大きな意味がある（後略）

（全集八、141頁「時評的俳句論」）

こうして読んでみると、まるで先の「ディオニシッシュな精神」とは、草田男の事を指しているようにさえ思えるほどである。草田男の俳句は、純粋俳句の（今述べた意味での）様式的可能性それ自体を探究した当時において稀な例であったが、しかし今現在の俳句の地点に立ってみると、こうした状況は、実はそれほど例外的ではなくなっている。私はむしろ、俳句が俳句である事の自明性から出発する時代は終わりに近づいていると思っている。この問題は、俳句においてすべての表現形態（有季無季を問わず）に共通する時代現象である。所謂「国際俳句」ないし「世界俳句」の時代とは、俳句が俳句自身の内在的な様式の可能性を極限まで追究する時代であるとも言えるであろう。不安定な、何ものでもない「俳句」が、それ自体の中に宙づりになって、辛うじて成立している。これが草田男の描く俳句像であり、それはそのまま我々の時代の感覚を予見する先見性を示している。試みに、フランス語圏の有力な現代俳人であるアラン・ケルヴェルヌの俳句の幾つかと、草田男の俳句を並べてみる事にしよう。

Extrême noir
le grêle des coups
sur Raz de Sein

漆黒なり／ラードサン海峡の／撃つ霰

Noir d'outre mort
la même nuit
qu'avant la mer

死のかなたの闇／海ができる前と／同じ夜

Du fond de la baie
monte un ciel
d'acier

湾の底から／上り来る／鋼の空

Un grain
creuse la mer

sur les hauts-fonds

種一粒／海をくぼます／暗礁のうえ　（アラン・ケルヴェルヌ、夏石番矢訳）

記憶を持たざるもの新雪と跳ぶ栗鼠と　（一九四六）

なめくぢのふり向き行かむ意志久し　（一九四六）

此世の田刈らるべきもの刈られ果て　（一九四六）

種蒔くや廃墟に鳩の舞ふことよ　（一九四七）

この世の未知の深さ喪に似て柘榴咲く　（一九五一）

聖夜とやヒロシマ環礁実験図　（一九五二）

（『中村草田男全集2』、「来し方行方」「銀河依然」より）

　こうして異国籍の二人の俳人の俳句を比較してみると、それぞれの主題やスタイルの表面的な差異にもかかわらず、それらがいかに同質の精神において書かれたものであるかに驚かされる。私は、これらこそ純粋俳句の実験例と呼ばれるべきものの実例であると考えている。草田男の俳句が、俳句そのものの不在をその一つのモチーフとしているのと全く同様に、アラン・ケルヴェルヌにおいても、俳句の俳句性は、既にそこに在るものではなく、むしろつねに不断に形成されるべきものとしてある。どちらも、懐疑と実験性の意識に貫かれたスリリングな思索の表現である。まさに、俳句とはもともと実験的な詩型だったのであり、今でもそうなのである。（繰りかえすように、これは有季か否かを問わない。）あたかも飛んでいる矢の運動を、単なる静止像のつみ重ねとしては理解できないように、俳句はつねに俳句以上の何かを胚胎している。俳句は、つねに書かれたものではなく、書かれるべきものとしてある。これこそが、草田男のヴィジョンであり、草田男が言うべきであった事である。

草田男にとって、俳句はありうべからざるもの、知りえざるものであった。先の引用で草田男自身が、「すべては途上にある」と言っているが、これは、草田男の俳句全体をそのまま要約する言葉でもある。すべてが途上にあり、またあり続ける事が草田男の特色なのである。

7　純粋俳句論と俳句の現代

私はここで、さらにもう一つ別の面から、現代俳句における「純粋俳句」論の可能性について短く論じようと思う。それは、端的に言えば、俳句におけるニヒリズムの問題である。

一つの詩型が歴史の中で生き生きと働き、実践しうるのは、その詩型がそれ自身の限界をめざして（あるいはさらにそれを越えて）追求される場合である。私は、今まで一度も、俳句くさい俳句、いかにも俳句らしい俳句が読者の心を捉えた例を知らない。芭蕉が俳句の古典であり、千代尼がまた俳句の古典であったとすれば、そのそれぞれの古典性は、飼いならされた特定の俳句くささ（それが今から見ればそう映るとしても）や俳句の固有性になどあったのではなく、むしろ逆にそれを越えていくその精神性の明確さにあったはずである。一つの重厚な精神性を明確に表現しようとする意思は、しばしば俳句の中にあって俳句そのものを越えでていく必然性を生まれながらにしてもっている。私が、この小論で語ってきた事も、その核心はこの事実に尽きると言ってよい。

これをさらに別の面から言えば、ある一つの詩型はその可能性においてのみ成立しているという事ができるだろう。俳句の形式は、それ自身一つの記号であって、そこにどのような意味を読みとるかは、我々の想像力にゆだねられている。（現象学的方法が教えるように）現前する現象の背後には、つねに無限の地平性が広がっている。同様に、俳句という記号は、そこから我々が無限の意味と目的を汲みとるべき源泉であって、山本の純粋俳句論が陥ったような陥穽に、我々も陥ってはならない。

さて、俳句の現在に目を転じてみよう。ごく大雑把に言ってしまえば、一九八〇年代以降の俳句の現代は、ごく少数の例外的な作り手を除けば、俳句の俳句らしさ、俳句の固有性を追求する時代であったと言えるだろう。俳句は細やかな日常についての表現であり、そうした俳句は小さな（いわば）工芸品であってかまわない。「小さな俳句」を指向する事——これがこの時代の特徴である。要するに、八〇年代以降の俳句世代の多くは、俳句が俳句である事を容認する世代であると言ってよいであろう。しかし、俳句をそのように小さく考える事が、一面で俳句の言葉についてのある種のニヒリズムを生んでいる事を忘れるべきではない。実際、こうした「小さな」俳句作品の多くは、意外なほど心を打たないのである。俳句の作品の土壌は、かつてなかったほど痩せている。俳句の作品の力が、このように失われてしまった時代は、かつてなかったのではないか。しかし、そのような時代であればこそ、俳句は俳句である事を忘れなければならない。俳句が俳句であっていい事など、一つもないのである。俳句を俳句の外へ向かって解放し、もう一度豊かな俳句表現の可能性をとりもどす事——今ほどそれが必要な時代はない。現代俳句における純粋俳句論の存在が意味をもつのは、そのような思考の地平においてである。

主要参考文献一覧

『山本健吉全集第八巻』（講談社　一九八四年）
『中村草田男全集2』（みすず書房　一九八九年）
中村草田男『俳句と人生』（みすず書房　二〇〇二年）
https://picryl.com/media/vase1-77af07
（『晩春』画像は、上記インターネットサイトから public domain image として入手されたものである。）

高野素十と「俳句以後」の時代

ある一つの時代に生きるということは、その時代を支配するある固有の生活様式とともにあるということであり、しかもそうした生活様式はしばしばある特定の思考形態によって規定されている。人間はつねに概念に突き動かされ、また概念を目指して活動するものである。たとえば、我々は「未来」という言葉に動かされ、この言葉の実践的な意味を疑うことは日常ほとんどない。しかし、「未来」を前提としない思考様式などいくらでもあるし、可能性としては、「未来」を前提としないで生活することもできるはずである。それにもかかわらず、「未来」という概念は我々の実践活動をもっとも深く規定している。その規定の仕方があまりに深く本質的であるので、それが一つの仮想的前提であること（「未来」があるという思考形態そのものが我々の思い込みにすぎないかもしれないこと）を理解することは意外に難しい。（たとえば、人類が狩猟によって日常的な飢餓と戦っていた時代、「未来」などという幻想は生まれえなかったであろうから、それが人々の生活を規定することもなかったはずである。）現代に生きる我々は、「未来」という幻想とともに生まれ、その幻想とともに生きていかざるを得ないのである。

意識するしないにかかわらず、我々の日常生活には種々の概念が関与していて、しかもそれら抜きには一つの時代を理解することが難しい。そのような規定的な概念群を、総体として、仮に（その時代の）「エピステメー」と呼ぶとするならば、俳句の世界で流通するさまざまな批評用語も、そのときどきのエピステメーを映す鏡であるに他ならない。

たとえば、「写生」というすでに十分に使い古された俳句用語も、歴史の中で、まさに一つのエピステメーとして明らかに強力に作用していた時期がある。具体的には、その時期は、近代俳句の成立期から隆盛期、作品でいえば子規、虚子から四Sや人間探求派に至る一時期であったと言ってよいと思われるが、そうした言語状況は当時における一定の歴史条件、様々な言語的、思想的、社会的な要因によってはじめて可能になったと考えられる。それ故、後続の世代には、なぜ一つの概念がそれほどの力をもちえたのか、を理解することが難しいのである。そもそもよく使われる「写生句」という言葉自体、ある種の語義矛盾である。「ありのままに」写生した俳句など、私は今まで一度もみたことがない。現象は複雑多様である（自然現象であれ、社会現象であれ）のに、それを「ありのままに」写しとったものが五七五の言葉の中に（あるいは、どんな多数の言葉の中にも）収まるはずもない。そのように明らかに矛盾した語義を疑問もなく使用し、場合によっては自らも実践していると信じていること自体、我々が未だに「写生」というエピステメーの枠内にいることの証左である。むろん、子規の「写生」概念は、厳密にはそのようなナイーブな（自然主義的な）写生論ではないだろうし、現代俳句における写生の定義もそれほど単純ではない。そもそも、多くの現代俳人は今や、写生という方法に依るよりも、むしろ言葉という方法によって俳句を作っているように思われる。にもかかわらず、写生という言説自体がもつ歴史的な意味は、近代以降現在まで一貫してある固定的な俳句観を形成している。近代以後の「俳句」という概念は、「写生」という方法的な理念とともに成立し、そしてそれとともに生まれた一つの歴史観こそが我々の俳句概念を基本的に規定している。俳句の歴史を語るとき子規を論じない歴史家はあまりいないし、現代俳人の俳句観も巨視的にはたしかにそのような歴史観に影響を受けているのである。

「写生」とともに、他ならぬ「俳句」という概念もまた、近代のある時期に（またその時期にのみ）広範な力と影響をもった理念である。いやそれどころか、写生と近代俳句の成立とは、歴史的に分ちがたく結びついている。それ故、一方がその力をすでに失っているにもかかわらず、他方が流通しているということは、本来ならばありえるはずがない。俳句が「写生」ではなくなり言葉によって作られるようになったときに、俳句は同時にそれ自身でもなくなったのであり、それ故多くの現代俳人は、厳密な意味では「俳句」を作っている訳ではなく、俳句以後の何ものかを作っているにすぎないはずである。さらに言えば、「俳句」が「俳句」という理念としてたしかに力をもった時期は、主として近代俳句の勃興期であり、さらに厳密な意味では、まぎれもなくその時期のみである。それは、繰りかえすように、二十世紀の前半という特異な言語状況、思考状況とともにはじめて可能となったいわば一過性の現象であるにすぎない。それと符合するように、現在までの俳句の言語表現のもっとも良質な成果は、その多くがほぼこの同じ半世紀のうちに作られている。言い換えると、俳句というエピステメーがもっとも強力に作用しえた（また実際に作用した）のは、二十世紀の最初のほぼ半世紀だったのであり、巨視的にみれば、ここ数十年の俳句の歴史は、その過去が生みだした影であったにすぎない。むろん我々の生きている時代は未だにこの特異なエピステメーの影響の圏内にあるが、同時にそれが今でも続いているという根拠のない幻想とともにある。要するに、我々は俳句の終焉という時代を生きているのである。

この事と密接に関連するもう一つ別の問題がある。近代の黎明期と現代の俳句状況とを大きく分ける一つの大きな特徴は、後者における俳句活動が一つのマーケットを形成し、ある確立されたルートを通して流通しはじめたことであり、かつその商業的な規模が格段に大きくなったことであろう。現代俳句は、さまざまなレベルで、その市場的な流通性を大きな指標として作られ続けている。市場という語が誤解を招くなら、単に流通と言い換えてもよい。「俳句」と呼ばれるこの歴史的な残滓は、それに付随する画一的な歴史観とともに現在でも一定の需要を保ち続け、また同時にそれを可能にする恒常的な流通形態を確保してきた。簡単に言えば、「俳句」は一つのシステムとなったのである。さらに極端に単純化して言いきってしまえば、二十世紀のある時期から、「俳句」は、一つの言語的方法から、流通性のある商品へと変貌を遂げたと言ってもよい。近代俳句の創始期には、俳句はエリート文人、学者、ないし学生のサロンにおいて主として作られ消費されていた。当然のことながら、その商業的な側面は（まったくなかったとは言えないが）まだあまり目立った形では現れてはいなかったであろう。しかし、ある時期から、俳句は一つの言語現象であることを止めて、商品として流通しはじめる。その事自体に私は必ずしも否定的ではないが、しかしこの商品性という新しい存在様態が、俳句の終焉という明らかな事実を、未だに見えにくくしている事に注意する必要がある。

高野素十という俳人は、おそらく俳句というエピステメーがもっとも力を持ち得た時代に、その言語表現の特徴をもっとも典型的に体現していた希有の存在である。素十がいなければ、写生という方法は概念的にも実践的にも十分に成熟しなかったであろうし、それ故、虚子は、「厳密な意味に於ける写生という言葉は素十の句の如きに当てはまる」（『高野素十句集　空』ふらんす堂刊中の倉田紘文解説）と評したのである。しかしもっと厳密に言えば、この評価はむろん誤っている。素十の俳句を少し注意深く読めばすぐ分かるように、彼は言葉の文字通りの意味での「写生」などしていない。写生的なスタイルを巧妙に装いながら、なおかつ写生に対して批評的な距離を保ち続けたという点で、素十は当時おそらくもっとも「写生」的な俳人であったと言うことができる。言い換えると、高野素十における写生の意味を明らかにすることで、近代俳句を規定してきたある種のエピステメーの実態をより正確に理解することができるはずである。高野素十という俳人は、もっとも俳句的であることによって逆に、俳句の終焉という現代の状況を予見していたとさえ言えるのである。

高野素十の作品には、俳句によって「俳句以後」を予感させる力がある。俳句がそれ自体批評的な対象となるような俳句を作り続け、俳句によって俳句の外側に立つことができたという意味で、素十はきわめて希有な存在である。しかし、逆にそれ故にこそ、彼のアイロニカルなスタイルを正確に捉えることは思いの外難しい。

たとえば、素十の写生句としてつねに言及されるものに次の句がある。

翅わつててんたう虫の飛びいづる
雪片のつれ立ちてくる深空かな
くもの糸一すぢよぎる百合の前
ひつぱれる糸まつすぐや甲虫

（いずれも『初鴉』所収）

「翅わつて」の句など、どうして写生の句でありえようか。狙いすましたようにてんとう虫の飛びたつ様を捉えているに違いないが、この句の眼目は、そのような瞬間を的確に言語化してみせる卓抜な描写力のほうにあるはずである。「くもの糸」の句についても同様である。私は、これらの句は写生であるよりもむしろ言葉によって創作された世界であると考えるが、同時にそれがあたかも写生であるかのようなふりをして作られている事にも興味をひかれる。なるほど、この句は、（単なる空想の産物ではなく）あくまで写生句として流通しなければならなかったのである。見事な写生であると人々に思わせることによって一層、この句の言語表現が生きることになる。

また一人遠くの蘆を刈りはじむ

歩み来し人麦踏をはじめけり　（同）

これらの句もまた、写生というポーズとともに読者の中に記憶されている。ああなるほど、それを実際に見て作ったんだ、という読者の側の解釈に支えられることによって、これらの句は客観写生の句となる。むろん、あるいは素十は実際にそれを見ていたのかもしれない。しかし、そこからある一つの映画的なカットを取り出し、それを巧みに五七五の上に再構成してみせるのは、他ならぬ素十の言語操作である。見たものをそのまま写したことが重要なのではない。それを読んだ読者の側が、それを写生であると解釈できること、そのような構成の巧みさこそが写生句に必須の要件なのである。

朴の花暫くありて風渡る

蟻地獄松風を聞くばかりなり　（『雪片』）

水馬流るる黄楊の花を追ふ　（同）

朴の花がしばらく静止した後に束の間揺れたという事実を表現するとき、一句の中にそのような時間的な継起を導入したのは、だれか。この句はむろん、「暫くありて」という措辞の発見によって成立している句であろうが、しばらく経って微風が吹いたという事実をあえて選択したのは、どのような視点によるものであったのか。

「写生」という概念は、捉えどころのない蜃気楼のようなもので、厳密にそれを考察していけばいくほど、その具体的な内容は曖昧となってしまう。素十はむしろ、その捉えどころのなさを巧妙に利用して俳句を書いているという印象を受ける。すべて承知の上で、彼はそのときどきに適合する写生概念を、実作のためにいわば選択している。一つの瞬間を大きく引き延ばして虫が飛びたつ動作を切り取ってみせる独特の時間感覚も、この上なく静かな田園風景の長回しも、どちらも素十が選択した「写生」の構図である。素十は、いってみれば、写生という行為そのものを、その都度適切な形態に創造し直しているといってもいいであろう。俳句によって俳句を換骨奪胎していたという点で、素十ほど批評的でありえた俳人は少ない。

よく言われるように、同じく写生といっても、たとえば虚子の写生と素十の写生は大きく違う。方法としては、むしろ虚子の方が素十の作句技法に依拠している。

桐一葉日当りながら落ちにけり　（『五百句』）

流れ行く大根の葉の早さかな　（同）

素十と比較すると、虚子の方法は、明らかに写生的な俳句概念に依拠して作られている。「大根の葉」など、客観写生の句であろうはずがない。あえていえば、この句は、一つの明確なイメージをめざして作られた俳句であり、それが描写のみによって成り立つものではないことは明らかである。この句などは見方によっては、ベルクソンをはじめとする当時隆盛した生の哲学との類似性も感じさせる。主客合一、彼我一如の禅的な境地を暗黙に前提としているといってもいいだろう。いずれにしろ、これらの句が「写生句」として流通するには、素十において典型的に観察されるような写生という規範的な解釈方法がすでに成立している必要がある。「大根の葉」の句の眼目が客観写生でありうるのは、この句が見たままを写しとったものであるに違いないという読者の側の思い込みがあるからであり、またそうした思い込みがある場合のみである。実をいうと、写生というフィクションは、この句において描かれるイメージの明晰さそのものには何らの影響を与えない。虚子の方法は、実は客観写生という概念からはもっとも遠く隔たっている。

それならば、たとえば次のような句は、客観写生であると言えるのか。

新聞紙すつくと立ちて飛ぶ場末　三橋敏雄

夜の蟻迷へるものは弧を描く　中村草田男

三橋敏雄がこの句を作ったとき、実際に場末の街角にいて、新聞紙が風に舞って実際に立ち上がる様を見て作ったのであるとすれば、それは写生には違いあるまい。しかしここでもやはり、この句は写生であるかのように鑑賞されることによって、その表現効果を高めていることに注意すべきである。読者はこの句を見て、ああそういう事も実際に起きるかなと思うかもしれない。そして、あるいは三橋敏雄はそのような風景を見たのだろうとまで考えても不思議ではない。むろんそのとき、「すつくと立ちて」という擬人的な表現がそれだけでは出てこないだろうという事実は忘れられている。草田男の句においても、夜の蟻の生態描写は、それをたしかに見たという写生的態度を擬して作られている。草田男はあるいは、「弧を描いた」ところまで見たのかもしれない。しかし、むろんそこからこの蟻が「迷っている」と考えるのは、草田男の解釈であって、厳密な意味での写生ではない。だが、鑑賞においてあくまで重要なのは、この句はあたかも見たままを描写したものであると読者に思わせる技能である。

「写生」という方法が有効に作用したとすれば、それは写生的な作句法を介してではないだろう。より本質的なのは、写生という支配概念が、俳句の短い言語表現の規範的な読み方、解釈の方法を与えたことである。しかも、そうした規範が明確に意識されることによって、多くの代表的な作品が生まれることになる。写生という概念は、いわばそのような歴史的な土壌を準備したのである。二十世紀前半において、俳句の言語表現があれほどの隆盛を見た一つの原因も、あるいはそのような規範性の確立に帰することができるであろう。

ふたたび高野素十の方法について考えてみると、たしかに素十は写生的な読解の習慣、読みの態度を最大限に利用して多くの代表作を残したのだが、実はその方法の背後にある精神性は意外なほど反写生的である。自らの言語操作によって強固な世界観を構成しようとする彼の試みは、むしろ一つの意志のあり様に近い。彼は、本質的には俳句の方法をあまり信じてはいないのである。つまり、素十の作品には、写生という方法に関するある冷めた視線が感じられる。素十は、決して写生的な精神の持ち主ではなかった。それ故、写生ないし俳句という方法によって、逆に俳句の外側に立つことができたのである。多くの評者は、素十におけるある種の批評性を見落としている。翻って、「俳句の終焉」という現代の病理において観察されるのは、実はそのような俳句に対する批評的な距離感の喪失であって、それはむしろ素十的なものとは相反する態度なのである。

預言者の沈黙——草田男におけるイソップ

1

マルティン・ルターが十六世紀初頭ドイツ（神聖ローマ帝国）で免罪符を批判したとき、ある意味で彼が本当に批判したのは必ずしもキリスト教会そのものではなく、そこに巣食うある種のニヒリズムであったとも言える。所謂宗教改革においては、種々の社会的制度とそれに対する信仰者の内面という宗教における二つの側面がせめぎあっている。私の内なる目は容易に見える世界だけではなく、見えないものまで見てしまう。そして私が私自身の内なる声に忠実であればあるほど、目に見える何か（例えば制度のもたらす安定や秩序）だけでは満足できなくなる。それどころか、制度（免罪符）とは本来そのような内なる声を覆い隠すためにある。

確かに秩序は安心を与える。しかしそれと引き換えに、より本質的な何かを奪うのである。実は俳句もそれに似ている。制度とは本来内的な自己探究とは無縁であるが、自らの精神に問いかける者にとって現実とは預言的で未来的なものである。制度的な秩序とはせいぜい目に見えるもの、容易に思考可能なものであって、預言的なものではありえない。しかし、俳句の歴史においてこの事実は十分に受容されているとは言えない。

中村草田男においては、制度的安定と内なる声（あるいは、目に見えるものと見えないもの）というこの二つの要素が絶えまない相剋をもたらしているように感じられる。もちろん宗教改革における実際の歴史的経緯や教義的論点はもう少し複雑であったであろうし、ルターによる疑義もむしろ象徴的事件として理解されるべきであろう。しかし、背景にある基本的な問題は明確である。自ら内なる声を聞く人ほど、現在における安寧や秩序に疑問を抱くようになる。実際に草田男はしばしば、詩人は「預言者」であると言っている。『銀河依然』跋の中で、預言者とは「現在の現象の上に立ちながら」「飽くまでも同時に「人類の永遠の願望」といふ必然性の上に立脚してゐて、それが現象の上に招来すべき意義と価値との絶対性を信じて疑はない」人々の事であると言っている。ここで、「現在の現象」と「人類の永遠の願望」とが、草田男にとって一つの緊張関係にある事に注意しよう。現在の現象だけでなく「永遠の願望」を模索するとき、人は迷う。つまり預言とは、迷える精神と表裏である。ルターが批判したのと同じ何かを、草田男も明らかに感じ取っていたと考えられる。

私はここで、草田男の俳句を、その「内声」的方法を中心に特徴づけてみようと思う。「内声」というやや奇妙な語で私が意味するのは、草田男の俳句に観察される一つの文体的特徴である。具体的には、それは俳句における批評性あるいはある種の（発）話者への指向性である。草田男の俳句のある重要な部分では、そうした「内声」的な傾向が、俳句の伝統的手法である「描写」と対立し相克している。しかし、これらの語（「内声」や「描写」）の意味は、個々の俳句作品を読み解いていくうちに次第により明らかになっていくであろう。最終的には、「草田男的なもの」の中に（すなわちその遠心的・求心的運動の二重性の中に）、現代の言語状況において希薄になっているさまざまな特徴を発見できるはずである。

俳句がつねに俳句以上の何かを孕んでいるとすれば、その遠心的な運動性は俳句の文体においていて具体的にはどのように捉えられるであろうか。ある面で中村草田男においては俳句における遠心的傾向がとりわけ顕著であるが、そのような遠心性は草田男及び後続における作品群をどう特徴づけているのか。もっと端的に言えば、現代俳句において「草田男的なもの」はどのような表現としてあらわれているだろうか。山本健吉が「ニーチェやチェホフであるよりもイソップ」であると形容するように、草田男の本質は俳句におけるメルヘンの発見にあるととりあえずは言えるだろう。しかし、この一見明快な事実は、一方で彼の所謂人間探求派的な主題とどのように関連しているのか。

2

草田男においてメルヘンとは私語りではなく、むしろ一つの様式、フォルムである。もっと正確に言うならば、それは彼にとって、「私」ではない何かがそこから語りはじめるためのフォルムである。草田男が求めていたのは、主体が世界に向かって語りかける私的で一人称的な発話形式ではなく、そのような一人称性とそれを取り巻く世界の不可思議さとが批評的な緊張関係にあるような一つの様式である。簡単に言えば、草田男は、世界が自ら語る発話を聞き取り、それを写し取ろうとしたのである。

大塚英志は、現代的なアニメーションの隆盛に反私小説的な批評的可能性を見ているが、より厳密には、近代以降のある種の写生的手法の中に、すでに同様の文体的実験の軌跡を読み取るべきであろう。「見る」事が見る事そのものを乗り越えようとする衝動をたえず抱えながら、そうした衝動に反して俳句はそのように見る（写す）文体の確立に没頭した。鶏頭によって何かを語り、鶏頭を一つの象徴としてしまう物語文学の生態に逆行するかのように、鶏頭そのものを写す事に終始しようとした。その方法は、鉄腕アトムやブラック・ジャックの形象性を前面に押し出して物語性を抑制する（かのように見える）手塚治虫の一部の作品に通じる一面がある。しかし一つの問題は、そのような静的な描写の文体が、容易に俳句的現在に囚われてしまう事である。そこにはやはり、ルターにおけるのと同じ隠れた主題（ニヒリズムに類するもの）がすでに感取される。

要するに、預言者とは、単に未来を現在の延長として考える思考に陥るのではなく、現在や過去をも未来として考えようとするものの事である。だから、預言者という視点に立つ事は、多かれ少なかれ時代に対して批評的な立場に立つという事を意味する。そのような批評的な視点に立つ事によってはじめて、世界が自らを語る発話様式が発見されるのである。

3

むろん写す事、ないし見る事などと言ってもそれは言葉のあやであって、近代俳句の写生論を「目の前の事物を見たままに写す事」であると解釈するとすれば、それはあまりにナイーブな写生観である。厳密にいえば、近代俳句の歴史において、俳句の言葉が実際に「目の前の事物」を写し取ったかどうかを綿密に問題にしたものは誰一人としていなかったと言ってよいだろう。より正確には、先に述べたようにあたかも写し取ったかのように俳句を作る仕種、そのような読者への素振りが写生論の本質であって、それ故写生論とは実際には読者論なのである。そのような素振りが見事に様式化されていればいるほど、その俳人は客観写生の名手となる。客観写生と言えば必ず言及される高野素十にしても、その技法的特徴は、厳密な意味での事物の観察にあるのではない。あるいは素十は実際に事物をありのままに見る事に努めていたのかもしれないが、しかしそのような観察によって成立した句が素十の写生句として流布しているとは限らない。

翅わつててんたう虫の飛びいづる　（『初鴉』）

また一人遠くの蘆を刈りはじむ　（同）

繰り返すように、写生によって為されたとされるこの二つの代表句を比べてみても、果たしてこれらが単に「事物の観察」によってのみ成立した句であるかどうかは大いに疑わしい。「てんたう虫」の句の狙いすましたような把握には、すでにある種のデザインが介在している。その事は、第二句「蘆刈」の句の映画的な長回しと対比すると、より明瞭になる。二つの句において大きく違うのは、描写される出来事のタイムスパンである。てんとう虫が飛びたつその瞬間など、蘆を刈るそのゆったりとした動作に比べれば、何百分の一の時間であるにすぎない。この二つの例から明らかなように、写生といっても、事物の何を、どのような視点から、どのような時間感覚で捉えるかは作者の任意の解釈に任されざるをえない。

言うまでもない事だが、写生といっても、見た事物を「そのままに」写す事などありえない。もし「そのままに写す」事が信じられているとすれば、そのような信仰は読者の側の態度にむしろ依存しているであろう。正確に言えば、見たままを写し取ったものに違いないという読み手の側の先入観によって、これらの句は写生の句となるのである。

わかりやすい例を挙げれば、心理学者ジャストローのウサギアヒル絵がある。このよく知られた曖昧絵は、見る人によってウサギの絵ともアヒルの絵とも見る事ができる。ある人がこの絵をカンバスに実際に描いている場面を想定してみよう。この人物がこれを描いているのを見てそれがアヒルの絵を画いていると我々が考えるとすれば、その限りの意味において、それはアヒルについての写生であるのかも知れない。しかし、仮にそのとき、全く同じ絵を描いていながら、自分はウサギを描いているのだと彼が言ったとしよう。その発言はたちまち我々の安易な思い込みを突き崩してしまう。我々にはカンバスの上のアヒルしか見えないのに、彼はそれをウサギと言っている事になるからである。何かを写しているという解釈は、無数の前提条件とともに成立する作業仮説でしかない。それならば、読者の思い込みを信頼する事なくして、写生に対する信頼は生まれないであろう。

　写生とは、一つの巧妙な素振りであって、それ自体は決して方法ではない。もちろん子規の写生には本意本情に対するアンチテーゼという意味もあったのだが、草田男や四Sの世代になると、その状況は大きく変わってしまう。もはや、アヒルを描いているふりをする必要はなくなってしまったのである。

4

　私は先に、草田男の「預言者」という言葉に触れたが、このような写生論の系譜において考えるとき、草田男がこの「預言」と言う語に繰り返し言及している事は、重要な意味を持つ。草田男は「現在の現象の上に立ちながら（中略）飽くまでも同時に「人類の永遠の願望」といふ必然性の上に立脚」するのが預言者であると言っているが、この発言はすでに、暗に写生論の陥穽に対する批評的な意識を含意している。のみならず、この場合に「預言」とは、俳句が俳句に止まらずそこから踏み出ていく遠心性の運動そのものである。

あるいは草田男にとっては、先の素十の俳句でさえ一つの預言に思えるかもしれない。「翅わつて」飛びたつてんとう虫の姿など、それを写生的な読みの姿勢で理解してしまえば、事物の「ありのまま」の写生である他ないであろう。しかし、ひとたびそれが草田男の特異で重厚な精神の中に濾過されると、そうしたトリビアリズム自体がある不可思議な意味を含んだ黙示の言葉として作用しうる。ごく簡単に言ってしまえば、このような精神態度が草田男におけるメルヘンの実態であり、言わば草田男における「イソップ」なのである。

同様に、草田男のイソップは、先の「蘆刈」の句においてもメルヘン性を感じ取る事ができるはずであるし、また最もトリビアルな写生俳句とされる「甘草の芽のとびとびのひとならび」（『初鴉』）にも、場合によっては深い意味性を感じ取る事もあるはずである。さらに正確に言うならば、現象の一々にそのような黙示の言葉を聞かざるをえないという精神性にこそ、草田男という特異な俳人の本質を見る事ができる。草田男が、先の引用文で「現象の上に招来すべき意義と価値との絶対性を信じて疑はな」いと言っているのはそういう意味であって、それは単なる人道的な理想主義の表明として読まれてはならないはずである。

別の言い方をすれば、草田男のイソップないし彼の写生観は、何らかの主義であるというよりもむしろ、これら遠心的かつ求心的な二つの運動性を内包する、ある種の身体感覚に近いと言ってもよい。それは、近代俳句の一部に存在していたナイーブな写生論に対する反省であると同時に、そこに内在する発話の批評的可能性を自覚的に取り出す作業でもある。そのような発話者はむろん「私」である必要はなく、かえってその逆に、総じて発話者の一人称性を抹消する方向に作用するであろう。必然的に、それはきわめて複雑な内省的プロセスを経ていると考えるべきである。

もう少し文学史的（俳句史的な）観点から考えた場合でも、草田男という存在は、さらにやや別の意味で独特な存在として現れる。例えば山本健吉は先に述べたように、『銀河依然』は「自分の道をうめきながら探している苦悶の句集」であり、その試みは「ついには俳句を否定し、超克するところまで来ざるをえない」（山本健吉全集八、141頁）とさえ述べて一定の理解を示しているが、その健吉も後年『「軽み」の論』などにおいて「軽み」を主張して草田男と対立していく事になる。戦後の俳句の歴史を全体としてみていくと、中村草田男はその主題意識や方法において（とりわけその遠心的な傾向において）やや孤立した存在であり、かならずしも良質の読者や後継者に恵まれた訳ではない。やや図式的に割りきって言えば、草田男はその後の（戦後の）「伝統俳句」の系統からも「前衛俳句」の問題圏からもはみ出していく面をかなり持っており、それ故そのどちらの陣営にも彼の精神を継承していく流れは成立しなかったのである。

現代俳句という文脈の中で、〈草田男〉という問題は多岐にわたるが、以下で私は、草田男の俳句の文体的特徴に焦点を絞って論じていく。具体的には、すでに述べた草田男における「話者（発話者）」の問題である。私は、草田男の俳句を「語る事」（発話）と「描く事」（描写）との相克として抽出し、そこから草田男の方法の現代性について考えてみたいのである。

作者と作品上の発言者（発話者）との関係、あるいはテキストそのものとテキスト内の発話の関係は古くて新しい問題であり、作品解釈あるいは評価において一つの重要な論点となりうる。しかも、特に日本語で書かれた非散文作品においては、もともとこの両者が混同されやすい歴史的背景があるために、しばしば作品批評の精密な論理展開を妨げてきた経緯がある。例えば、入沢康夫は増補改訂版の出た彼の詩論集の中でこの問題に触れ、「どんな作品においても《詩人》と《発話者》は別である」と強調する。理論的には当然とも言えるこの事実を、入沢があえて『現代詩手帖』の連載の中で断言しなければならなかったと言う事実そのものが、日本の精神風土の中でこの二つの事項がいかに混同されやすいかを雄弁に示している。だから例えば、俳句においても、ユーモアや諧謔はあるけれども、アイロニーの表現はそれほど一般的ではない。（それは、実際上の作者と発話者との距離が近すぎるからではないか。）

草田男の俳句においては、実にさまざまな形で「（架空あるいは実在の）話者」という言語装置が用いられている。草田男は、俳句の中に誰かが話す声としての言葉を巧みに挿入するのだが、こうした「（架空の）話者」という方法は、ある種の物語への欲求と不可分の関係にある。しかし、それは他方で、俳句の中に単純に小説的物語構造を導入するという事ではない。さらに、それは虚構性（フィクション）という手法とも通じる側面がある。しかも大事な事は、草田男が、こうしたさまざまな語りの方法を、あくまで俳句の写生的文体の中で試みようとしたという事である。この点は、後に見るように、たとえば鈴木六林男など戦後の前衛俳人と対比するとより明瞭になる。「描写の中で語る事」すなわち「内声」的方法が、草田男の言語表現の（少なくとも）ある重要な部分を特徴づけている。

ここでは、八冊の句集と四千七百句余に及ぶ中村草田男の作品群の中で、戦中戦後の句を収録した二つの句集（『来し方行方』（一九四七）『銀河依然』（一九五三））を中心に論じていく事になる。この時期の草田男の俳句は、総体として、それ自体で戦後の俳句史を俯瞰する視点を提供している。草田男が見出した俳句表現の可能性とは、どのようなものであったのか。フォルム（形態）において語り、語りにおいて一つの様式を発見する複雑な運動性が、草田男の言語表現の基礎にある。それを言い換えると、メルヘンという手法に依りつつ、静かな内省的思考を深めていったように思われる。

5

草田男のメルヘンは写生論の系譜に位置していながら同時にそれに対して批評的な立場に立っていると述べたが、しかし、おそらくそれ故にこそ、草田男を俳句の現代という文脈で位置づけるのは難しい作業である。ある意味で、草田男は今現在の俳句の状況とはやや異質の俳人であり、現在その作品が積極的に取りあげられる機会が減ってきているのも事実である。しかし、俳句形式の可能性という観点からは、草田男の俳句を避けて通る事はできないし、草田男を通過しない俳句史などありえない。俳句の現代について論じる場合、中村草田男の影響はきわめて深く、しかも広い。現在の俳句の源流として、子規や虚子ではなくむしろ草田男を挙げる事さえ可能であろう。しかもそれは、単に言葉の上での影響や表現技法のレベルを越えて、ジャンルとしての俳句という形式の性格そのものにまで及んでいる。現代俳句はある時期、組織的にもまた表現史的にも前衛系と伝統系に二分してしまっていたとよく言われるが、（繰り返すように）草田男はその両方の側から一定の評価をされていた数少ない俳人の一人である。「草田男的なもの」の可能性は、あるいは現代という状況の中でさまざまな意味で希薄になっているかもしれないが、だからこそそれは貴重なのである。さらに重要な事は、草田男は俳人のみならず俳句の専門外の人々にも読まれ続け、評価され続けている事である。そのような俳人は、実は草田男以外にはあまり多くはない。それはおそらく、草田男自身がつねに俳句の外に関心をもち、そこから様々な影響を受けていた事の裏がえしでもあるだろう。実際、草田男ほど俳句を広い視野で見ていた俳人は稀である。

鳴るや秋鋼鉄の書の蝶《てふ》番《つがひ》　（『来し方行方』）

空は太初の青さ妻より林檎うく　　　（同）

梅一輪踏まれて大地の紋章たり　　（『銀河依然』）

この世の未知の深さ喪に似て柘榴咲く　　（同）

引用されたどの句をみても、草田男の俳句の異質性がはっきり見て取れる。「太初の空の青さ」や「この世の未知の深さ」を考える性向を持つ草田男からみると、当時の俳句の表現型式はいかにも未完成なもの、いわば開拓されるべき荒野にうつったであろう。例えば、これらの句と、よく知られた子規の「いくたびも雪の深さをたづねけり」とを対比して見ればよい。子規の句は、なるほど病床の子規の心中はこうであったのだろうかと思わせる点で、たしかに佳句なのだが、しかしそこに観察される話者の視線は、まだあまりに未成熟である。別の言い方をすれば、この句の言語表現はきわめて単純な意味で一人称的であって、発話の起点はまぎれもなく子規庵で病床にある子規本人でしかありえない。対して、先の草田男の句において、「妻より林檎うく」のは、たしかに草田男という一人称であろうが、しかしその行為は「太初の」空の青さの下に行われているのである。背景にある神話的な意識はもはや明らかであり、総体としてこの句の発話形式は、草田男という作者を離れてある象徴的な意味をもたざるをえない。

さらにこれらと対比して、子規のもう一つの代表句とされる「鶏頭の十四五本もありぬべし」ではどうか。同じ子規の句といっても、この句における発話の起点は、「いくたびも」のそれほど単純ではない。むろん物理的な作者は子規本人に変わりないのだが、しかしその発話の形式は、もはや子規という一人称のみではないかもしれない。何故なら、「ありぬべし」を子規という個人が発した発話ととるか、それともある種の修辞表現ととるかが確定できないからである。仮にこの句が、鶏頭が十四五本眼前にそのまま在る風景を描こうとしたものとすれば（そしてそれが自然な解釈と思える）、この句の発話者は、厳密な意味で子規という一人称ではない。というのも、表現されているのはあくまで鶏頭という対象物であって、それを発話する誰かではないからである。「鶏頭」の句の発話形式は、敢えて言えば誰の発話でもない非人称的な表現であると言える。このような発話形式は、実はいわゆる「写生句」の用いる常套手段であって、この奇妙な句が俳句の表現史に残っているおそらくは唯一の重要な理由は、そのような発話形式を確立した事にあるだろう。

しかし、草田男の「空は太初」の句は、その発話の形式において、子規のどちらの句とも異なっている。それはむろん単純な一人称ではないが、しかし非人称的でもない。言うまでもなく、小説的な三人称でもない。草田男の話者は、近代俳句における二つの典型的な発話様式のどちらにも当てはまらないだけでなく、言文一致文体の三人称単数にも還元されない。中村草田男の方法を理解する一つの鍵は、その特異な発話様式にある。

日本の文学風土には、現在にいたるまで根強い私小説的傾向があると言われるが、近現代俳句の言語表現、あるいはもっと広く多くの韻文作品のそれも、その例外ではないように思える。

ところが、草田男はもともとそうした私小説的文体を越えていく志向を強く持っていたために、俳句の方法をさまざまな形で異化せざるをえなかったのである。そのため、草田男は、一つにはホトトギスから彼が受け継いだ写生という方法をより尖鋭化し、さらに同時に写生的方法における或る種の批評的手法を確立しようとしたと言える。現代俳句に草田男がもたらしたものは小さくないが、私はここで、草田男の俳句を、これら二つの手法（描写的手法と批評的手法）の批評的共存ないし対立として描こうとしている。

6

ところで、よく知られた事だが、草田男は単に俳句においてメルヘンと言う方法を模索しただけでなく、実際に童話作家としての一面も持っていた。草田男は、『ビーバーの星』（一九六九）『風船の使者』（一九七七）など優れた童話作品を残している。そしてその事と俳人である事が、草田男においては矛盾していない。つまり、俳句という言語形式の中にもメルヘンを発見した事が、草田男の功績あるいは可能性の一つであったと言える。そのようなメルヘンという手法を十全に使いこなすために、草田男は、発話者を措定する事がなく「内面からの語り」から自由である俳句形式の言語的な性格を、巧みに利用した。その言語表現の特色は、例えば次のような句に現れている。

秋の曲子二人母の髪梳きつゝ　（『来し方行方』）
蟷螂は馬車に逃げられし馭者のさま　（同）
耕せばうごき憩へばしづかな土　（同）
連山の流るゝまゝに流るゝ鷹　（同）

仮にこれらの作品を子規の俳句ないし漱石の俳句と比較してみるとすれば、草田男のイソップがそれらとは大分異質である事は間違いない。俳句がメルヘンであると言えばあるいはそれは意外に思われるかもしれないが、実は、俳句の歴史を巨視的に見れば、子規や漱石の俳句のほうが例外的であったのではないかと思える面がある。俳句形式は、その表現の特性上、もともと人間の想像力の自在性に傾きやすい性向があり、良質な俳句作品というものはそのまま良質のメルヘンとしても読める側面が確かにある。実際のところ、子規が見出した俳句の（「描写」ないし「写生」という）言語装置は、もともとメルヘンや幻想文学ときわめて親和性の高いものである。草田男は他と比べてそれをより意識的に作品化していると言う事はあるかもしれないが、彼の方法は近世以降の俳句の中で決して例外的ではない。丹念に見ると、草田男以前にもそうした表現は存在している。幾つか、その例を挙げてみよう。

行水にをのが影追ふ蜻蛉哉　千代尼

水仙の香やこぼれても雪の上　千代尼
囀の高まり終り静まりぬ　虚子
ピストルがプールの硬き面にひびき　誓子
天餌足りて胸づくろひの寒雀　草田男

最後の草田男自身の作品も含めて、引用した句は、それぞれ有季定型俳句の古典中の古典として、どの歳時記にもとられているものばかりである。作家によってその表現技法に特色はあるものの、全体としてそれらの志向する表現は驚くほど相互に類似している。流れる水の上をすべる蜻蛉や、雪の上にこぼれるように咲く水仙などは、手塚漫画や宮崎駿のアニメーションの一場面としてみても、まったく違和感を感じないだろう。しかし、水面をすべる蜻蛉や繊細な水仙の映像は、それ自体は誰かの発話ではない。これらの句では、発話者の声を敢えて抑制する事によって、そこに描かれる表現世界の自在さを際立たせるという方法が（無意識的にではあれ）それぞれ採用されている。話者というレベルでみると、こうした表現を可能にするのは、俳句の非人称的な方法における直接性の文法なのである。

これらの俳句において、俳句テキストの形式上の発言者である「発話者」は、俳句の構造の上で意識的に消去されている。読者は、これらの俳句の言葉に、誰かの声、内面の発話を聞き取ってはいない。結果的に、これらの俳句の言葉は、発話としてよりも、一つの純粋な描写として作用するように仕向けられている。

メルヘンやファンタジーの作品においても、その表現が誰の内面的な意識であるかは、そもそも問題とされていない事が多い。誰かの内面を表現する言葉として作用しないところにこそ、ファンタジーの想像力の源泉がある。俳句はその特性においてメルヘンであり、読み手の想像力を自在に刺激する傾向をもともと持っている。子規の「写生」は、そうした自在さを完全に放逐しなかったどころか、むしろその反対にそれを育む土壌を準備したとさえ言える。さらに巨視的に見れば、芭蕉から現代俳句に至る俳句の表現的な特徴は、それらがある種の内面性から自由である事にある。

荒海や佐渡に横たふ天の川　芭蕉
鰯雲日かげは水の音迅く　龍太
大寒の一戸もかくれなき故郷　龍太

俳句という土壌の中にメルヘンという方法を発見した事が、草田男の功績あるいは可能性の一つであったと述べたが、同時にそのメルヘンという手法を十全に使いこなすために、草田男は、発話者を措定する事がなく「内面からの語り」から自由である俳句形式の特徴を、巧みに利用している。

なめくぢのふり向き行かむ意志久し　（『来し方行方』）

冬雲うごき襤褸つづられ衣《きぬ》となる　（『銀河依然』）

ここで「なめくぢ」は写生の対象であるよりもメルヘンの登場人物であるが、このメルヘンを感取するにあたって読者は何らかの発話者を措定する必要がない。そこには（少なくとも一見すると）草田男自身の一人称的な語りは表現されていないようにも感じられる。草田男にはニーチェとチェホフ以前に「より本源的にイソップが存在している」（角川文庫版『中村草田男集』解説）とした山本健吉の評言を借りるまでもなく、草田男の俳句はその自在な想像力に本質的な特徴がある。

しかし、ここで一つの疑問が生じる。草田男は確かにメルヘンの名手であろう。だが、その草田男が、同時に所謂「人間探求派」の代表格として、内面性の追求者と目される事が多いのは、何故なのか。草田男の俳句の本質がメルヘンの発見にあるとすれば、彼の俳句は、何らかの「話者（具体的には草田男）」の内面を表現するものでは本来ないはずである。しかし、実際には、草田男はもっとも内面的な俳人の一人であり、また実際に内面的な俳句を多く残しているとも評価される。草田男は、「写生」によってあらゆる存在の黙示の言葉を聞き取る俳人であると同時に、自らの内面の諸問題について「語る」人間探求派の俳人でもあった事になる。この二つの位相は、草田男を語る上でどのように整合性を持っているのか。

草田男において、俳句の想像力と内面性とは、奇妙で微妙なバランスを保っている。それ故、草田男におけるメルヘンについて考える事は、実は彼における内面性の意味について考える事に通じる。草田男は一面では俳句においてひたすら内面性を追求し続けたのだが、しかしその草田男が他方でメルヘンに傾倒し、しかも多数の童話作品を残している事はどう理解されるべきであるのか。

7

戦後の俳句表現の展開を大枠で捉えてみると、新興俳句やその後のある種の伝統俳句にみられるような静的で描写的なスタイルと、社会性論議や前衛俳句につながっていく語りの方法(いわば批評性)とが、対立しつつ現代俳句の基本的な文法を構成してきたように思われる。ある面では、西東三鬼や高屋窓秋の方法(新興俳句)は、所謂伝統俳句の文体的特徴と実はそれほど差異はない。どちらも端的に言えばメルヘンの方法に近く、自らの内面を語る話者の影はその言語表現からしばしば姿を消している。それと対立するのは、むしろ所謂人間探求派と呼ばれる一連の作品であって、そこには語り語られる人間的話者(多くの場合、それは作者と等置される)の存在が明確に刻印されている。新興俳句を伝統俳句と対置して系統づける嗣子相伝の俳壇的系譜の物語は、それ自体がよくできたフィクションであるにすぎず、個々の作品の言語表現の本質を捉えたものではない。仮にこれら対立する二つのそれぞれの文体を「写す（描写）」と「語る（物語る）」の二つに分類してみると、中村草田男の一時期の作品には、ときにその両方の要素が分かちがたく混在しているように見える。草田男は、俳句における描写的手法を基本的に踏襲していながら、しかしたえずその枠内におさまりきらない個性を示していた希有の俳人であったように思える。例えば、『来し方行方』中の代表句の一つとして知られる次の句がある。

夜の蟻迷へるものは弧を描く　（一九四二）

この句の描写の中で、迷っている（弧を描いている）のは誰か。それは、描かれている夜の蟻なのか。それとも、それを描写している私なのか。あるいは、そのどちらでもない第三者なのか。表面的にはもちろん、迷えるものとしての夜の蟻の軌道が、直接に描写されているだけである。しかし、「迷へるものは弧を描く」という思弁的なフレーズは、読者の読みがそうした描写的レベルに止まる事を許さない。この句を読みこんでいくと、結局、読者はなんらかの形で誰かの内省的な声を聞く事になる。あるいは、正確に言うと、そうした誰かの存在を措定せざるをえなくなる。換言すれば、読者はここにある種のメタファーを読みこんでしまうのである。夜の蟻のように、誰かもまた弧を描いて迷っている。しかし、それは誰か。誰かが迷っているとすれば、それはこの言葉を語っている話者自身（具体的には草田男）が迷っていると考えるのが、一つの自然な読み方だろう。つまり、ここに草田男自身の内面の独白を聞く事は、それほど的外れな読みではないと思われる。句のテキストのみでは特定はできないが、発話者は作者である草田男本人であるととりあえずは解釈してよいだろう。だとすれば、草田男は自己の「迷い」をある程度客観化し描写しながら、しかも自己において発話している訳である。つまり、ここでは、「写す」文体としての描写の構図の中に、「物語る」発話者の内声が(暗喩によって)暗示的に示されている。いずれにしろ、ここには、悩み苦しむ求道者の内面性というものが強く意識されている。

要するに、掲出句は、二重の意味で草田男の特徴がよく現れた句であると言える。まず、この句の言語表現上、表面的には発話者が抹消され、単に一つの状況のみが示されているという点において、スタティックで描写的(写生的)な俳句の伝統的表現技法を踏襲している。一方でしかし、草田男はさらにそこに敢えて内面性の苦悩という「語り」の要素を持ち込むのである。迷っている「誰か」は、一度俳句の言語上から消去されながら、むしろ逆にその事によって、その存在を読者に強く意識させる。一度描写の直接性に触れた読者は、そこで尚かつ暗示された内声を聞き取らざるをえない。

預言とは描写であると同時に物語であり、現在であると同時に未来への願望や希望でもあるだろう。そこには「現在の現象」についての意識だけではなく、それを相対化しあるいは乗り越えようとする意志が観察される。「草田男的なもの」の一つの核心は、この預言ないし意志の構図にある。

こうした手法は、たとえば誓子の「炎天の遠き帆やわがこころの帆」にも見られるものであるが、草田男の場合には、それがさらに深化され、内面性の自己彫刻の作業が徹底している。草田男を読む場合、この句における表現技法の緊張関係を起点として、より描写的な句を読み直さなければならないようにも思える。一見すると向日性の明るい表現に見える句の多くにも、発話者の内面の声は行き届いている。たとえば、中村草田男と言うと真っ先に思い出される句として、次の句がある。

万緑の中や吾子の歯生え初むる

単なる描写の完成度のみを追求する事に終始しているように見えるこの句にも、実は「夜の蟻」と同様の構造を見いだす事ができる。この句の描写の中にもある種の発話を見いだす事は可能であり、それ故その描写は描写に止まらない傾向を持っている。その事を理解するには、たとえばこの句を虚子の「桐一葉日当りながら落ちにけり」の句と比較してみるとよい。虚子の句は、それをどう解釈するにしても、その言語表現の中で発話者が抹消されており、読者がその中に誰かの（内）声を聞き取る事はない。これと比べると、草田男の「万緑」はそれとは大きく異なり、そうした描写的フォルムには止まらない構造を持っている。多くの読者はこの句の中に、自分の子の成長を実感している父親の詠嘆をどうしても聞き取ってしまう。つまり、この句の表現の中にも、控えめな形ではあれ、作者＝発話者の内声が隠れているのである。むろん例外はあるであろうが、草田男の成功句の中でかなりの部分においてこうした発話者の内声が観察される。

俳句の描写の中に巧みに発話者を内在させる草田男のこうした作句技法を、私は単純に「内声的方法」と呼んでおいた。この方法の特徴をもう少し明確に抽出するために、さきほどの虚子の句を、今度は鈴木六林男の句と比較してみよう。

桐一葉日当りながら落ちにけり　虚子

何をしていた蛇が卵を呑み込むとき　六林男

六林男の句は、句のテキストそれ自体が話者の語りの言葉である（おそらく話者が話者自身に向かって自省的に語っているのであろう）。いわば、声がそのまま俳句のテキストとなっているような構成になっている。これに対して、虚子の句は端的に一つのフォルムであり、六林男にみられるような話者の声は抹消されて、言葉は純粋に描写の手段となっている。別の見方をすれば、六林男の句が話者の内面をそのまま声に出して表出しているのに対して、虚子の句はそうした内面性の表出をむしろあえて捨象する事によって構成されているのである。六林男の句を読むとき、読者は一人の話者の顔を想像する事ができるし、またその表情まで読み取れるような気がするであろう。しかし、虚子の句ではそうした話者の表情や言葉ははじめから消し去られている。

草田男の「夜の蟻」の句は、この二つのちょうど中間に位置するように思われる。というよりも、草田男の句は、これら両方の態度を一つの句の中に抱えこんでいる。この句を読むとき、我々はそこに純粋なフォルムを認めるだけでは終わらないし、かといってそこに単純に一人の語り手の顔を想像しその発話を聞くようにもできていない。草田男の話者は明らかに何かを語っているのであるが、しかし言わば俳句的フォルムの中で語っているのである。フォルムの中に語りがあるというこの句の手法を、私はここで「内声」と呼ぶ。私が草田男の「内声的方法」と呼ぶのは、そのような作句技法の事である。

フォルムの中で語り、様式において発話するという草田男の俳句的方法は、また他方では、俳句のもう一つの方法的特徴とされる「切れ」の問題とも複雑に絡んでいる。そしてその事は、草田男における話者の構造をより入り組んだものにしている。

8

例えば草田男の「万緑」の句が人口に膾炙している一つの理由は、この句の描写の中から若い父親の声が直截的に読者に語りかけてくるからである。多くの読者が、草田男の俳句の中に、若々しさや青春性を見てとるのも、一つにはこうした特異な発話構造によっていると思われる。

確かに、虚子などと比較すると、草田男の句は、読者の内面に直接的に訴えかける魅力にあふれている。さらに別の面から言えば、こうした内声の手法は、草田男の一部の句にある種の批評的深さをもたらしている。「夜の蟻」や「万緑」として描写的に対象化された内面性は、それ自体としてすでに批評的な読みの可能性にさらされている。そこに発話者の判断が明確に示されているために、逆にそうした話者の声が読者の批評の対象となりうる。従って、草田男の（内声の）方法において、俳句の言語構造そのものが変質している。俳句の中に「批評性」とも呼ぶべき次元を成立させた事は、所謂人間探求派の中でも草田男の功績である。

草田男の俳句の本質を、このように、「描く」事と「語る」事との対立として整理して考えてみると、そこから草田男の現代性と、さらにその影響力の広さと深さが理解できる。ある意味で、戦後の俳句はこの二つの方法をさまざまな形で推し進めてきたのであり、我々は、その源流の一つを、草田男に見る事ができる。自己あるいは他人の声を聞く事は、草田男の生来の傾向であったが、俳句の表現技法の上ではそれをそのまま言葉の上に定着するのは難しい。だから、そこにフィクションや批評性をもちこむためには、俳句の写生主義を内から変質させるしかない。つまり、草田男は、俳句における内面的な話者の可能性を志向する数少ない先駆者であったと言える。しかしその一方で、草田男は必ずしも内声的な内面の俳人であるばかりではない。例えば、次の句は厳密には単純な描写でも語りでもない。

白鳥といふ一巨花を水に置く　（『来し方行方』）

一見すると、有季定型の古格を守った古典的作品ともとれるこの句において、草田男のさらにもう一つの特徴が現れている。対象を想像力によって極度に形象化し、言わば理想化して描写する手法は、例えば虚子やその他の俳人には見られない草田男独特のものである。「咲ききつて薔薇の容《かたち》を超えけるも」等、写実的ロマン主義とも呼ぶべきこの種の表現形態は、草田男のもう一つの特徴であり、同時に、それは草田男の現代的な可能性でもある。

虚構という方法と、メルヘン作家としての一面、さらに彼の俳句の批評的傾向を考え合わせると、「草田男的なもの」の形態がおぼろげながらわかってくる。これらの諸傾向に共通しているのは、ある種の一人称的傾向（あるいは、俳句における生活詠の習慣）に対する反発である。要するに、草田男は、形而下より形而上を志向する詩人だったのである。

此世の田刈らるべきもの刈られ果て　（『来し方行方』）

9

先に述べたように預言とは現在についての描写であると同時に未来への物語や願望であり、必然的に形而上的な性質を持つ。ルターが預言者であったとすれば、その内面の本質はやはりこれと同じ二重性にあり、そして彼の内なる目は「此世」の形而下だけを見てはいなかったであろう。そこには、草田男におけるのと同じ批評性の意識が認められる。罪の赦しや人間の救いとは容易には可視化できないものである。だから当時のカトリック教会はもっとわかりやすい現世的な制度（免罪符）を考案した。（集金箱の中で金貨がチリンとなると悩み迷える霊魂は煉獄から飛び上がって天国に行くのだと言われた。）しかし、免罪符という符牒だけでは、本当にそれで救われるのだろうかという人々の素朴な質問には決して答えられない。

本来、霊的な修養は秩序や安定とは無縁であるから、汝ら迷えるものこそ救われると言うべきであった。しかしその代わりに、（当時の組織的宗教の一部は）迷えるものは金貨で免罪符を買うようにと勧めた。迷える心は決してそれで安らぐ事はないであろうし、魂の法則に従うならそれは当然の事であるが、人々は免罪符によって迷う事（自らの精神に問いかける事）を回避したのである。

表面的な秩序は確かに束の間の安心を与えるが、実際にはより大きな不安が消え去る事はない。たとえばルターは、免罪符を買って安心するよりもその金で貧しい者に施す方がより良い行いではないかと問う。制度的な安寧はむしろ、こうした至極当然の事実に対する目を曇らせてしまう。しかし誰しもその内なる目にとって、「此世」とは決して形而下だけの存在ではないはずである。

そして繰り返すように、俳句についても同じ事が言えるはずである。俳句形式の伝統的方法は、ともすれば目に見えるもの（草田男の言う「現在の現象」）に囚われてしまう。しかし、本来見えるものとは見えないものを指し示す黙示に過ぎない。様式とは経験そのものと同じではない。だから人間の心はそれだけでは満たされないはずであるが、いつのまにか俳句形式は様々な符牒によって制度化されている。「草田男的なもの」の本質は、そうした制度に対するむしろ素朴な質問であったはずである。

しかし草田男以後の俳句史の展開をみていくと、彼の質問が本質的な意味で理解されあるいは問題とされた痕跡はほとんどみられない。その一方で、草田男は、戦後のある時期から、主宰誌「万緑」など限られた場をのぞいて、俳壇的発言をほとんどしなくなったとされる。俳句において語りつづけたこの類いまれな預言者の沈黙は、我々にとって何を意味するのか。

10

ところで黒瀬珂瀾は、『現代詩手帖』二〇〇九年一〇月号の「聞こえない自然」（93頁）の中で、現代短歌の表現が「口語でしか表現できない」表現の時代に完全に入ったという感想を述べている。黒瀬は、現代短歌作品が「現代性に正面から取り組めば、どうしても発話者の存在が要求され、口語に大きく支配される」ために、「多くの作が作中主体を中心としてメッセージを発信する構造を持つ」ようになったと書いている。しかし同時に黒瀬は、そのような口語短歌の作品は、総じて「主体が世界を一方的に見つめすぎて」いるのではないか、という疑問も呈している。そのような発話者の手法の隆盛とともに、「自分以外の存在に語らしめる」事によって可能となる短歌的様式美は次第に短歌の中心的な表現からは遠ざけられているのではないかと言うのである。

黒瀬が述べるように、「主体が世界を見つめすぎ」るそのような精神構造の裏返しとして、現代の言語状況は発話（話者）という表現的可能性に概して大きく傾いているように見える。これは、おそらく短歌だけではなく、俳句や、あるいはある種の散文作品にも同様に観察される一つの現代的な症候であろう。

世界に自ら語らせるという汎神論的な手法を失った現代文学においては、主体が自らの発話を一つの必然性として捉えてしまい、そこから有効な距離を保てなくなる可能性がある。簡単に言えば、世界は不可思議の存在である事を止めて、個々の主体の発話の中に回収されてしまうのである。だとすれば、「口語短歌」に象徴される発話の氾濫という現代の状況は、どのような意味を持つのか。

所謂ホトトギスの隆盛期の世代、草田男のみならず誓子や素十の作品に共通しているのは、写生によってなされたとされる多くの俳句作品において、すでに写生に対するある種の批評性の意識が垣間見える点である。草田男のメルヘンはその顕著な例であるが、素十にしろ誓子にしろ、「写生」という方法概念はむしろ一つの揺籃に過ぎず、それをどのように批評的に換骨奪胎するかが彼ら個々人にとっての重要な課題であったという形跡がある。それ故、それぞれが、写生ないし俳句という方法によって、逆に俳句の外側に立つ事ができたのである。翻って、「発話（者）の氾濫」という現代の病理においては、実はそのような現代的状況に対する批評的な距離感が喪失されやすい傾向がありはしないか。批評性が氾濫しているように見えて、むしろそれ故に批評的な素振りのみが妙に際立ってしまう。かつて写生が素振りであったように、発話もまたある種の素振りである事がしばしば忘れられやすい状況にあると言ってもよいだろう。

私は中村草田男における話者の問題を手がかりに、その発話の複雑な現象的内容を明らかにしてきたのだが、それを逆に言えば、草田男の方法は、発話の氾濫という現代の状況に対する潜在的な批評性を持っていると言う事もできるだろう。現代の言語表現が、世界が自ら語りはじめるその力を十分に写し取る事ができないものであるとすれば、それは、写生論の陥穽とは逆の意味で、一つの厄介な病理なのである。

主要参考文献一覧

大塚英志『サブカルチャー文学論』（朝日新聞社　二〇〇四年）
入沢康夫『詩の構造についての覚え書　ぼくの詩作品入門』（思潮社　二〇〇二年）

月はなぜ笑ったか——永田耕衣論

1

過去数十年の間、俳句という形式(ないし制度)は、今在る何かを肯定するための器として、あまりに長く存続し酷使され続けてきたと思われる。ある時期から、あたかも今日に見えている何か、手にとられた何かが存在するすべてであるかのように考え、作り、鑑賞する事が、俳句という方法を無条件に特徴づけるようになった。それは、見たものをありのままに無心に写し取るという「写生」という方法的虚構ともどこかでつながっている。さしあたりその今在る何かを「日常性」と呼んでもいいであろうし、あるいはそれを日本という制度、日本語という媒体とも表裏であると考える事もできるだろう。

俳句という現在の中で、日常の諸事物はあたかもその存在が未来永劫疑い得ない事実であるかのように存続し続けるように見える。そして同時に、俳句とその制度はそのような日常性への奇妙な信頼とともに安定した形式を維持している。少なくとも日本語で書かれた俳句は、ずいぶんと長い間、ある種の方法論的なまどろみの中にあるように見える。

しかし、本来は俳句という詩型はむしろ、今在る何かを疑い、あるいは逆に、一見存在していないと思われるものについてあえて思惟するためのものであるはずだろう。

夏蜜柑いづこも遠く思はるる　（『驢鳴集』）
かたつむりつるめば肉の食い入るや　（同）

永田耕衣の空虚な笑いは、今述べたような俳句的現在そのものを転換させるいわば批評性を内包している。何か全然別のものが存在している予感を感じさせ、今目の前に在るものがすべての可能性ではないという錯覚をもたらす。例えば夏蜜柑という日常的な事物に不思議な遠さを発見し、かたつむりの微細な動きにまるで江戸時代の春画やアブナ絵の世界にあるような想像的な笑いと力動の契機を見ている。これらはいってみれば存在しない何かについての物語であり、あるいは日常的思惟を反転し無力化させる謎そのものである。

ところで「笑い」と無造作に書いたが、俳句において「笑い」と言うときそれはしばしば「諧謔」という言葉とよく並列して用いられる。とりわけ耕衣の俳句については従来その独特の「諧謔味」に焦点をあてた評価が多い。しかし正確には、耕衣の俳句は通常の意味での「諧謔」を指向する事はあまりない。なるほど耕衣の少なくとも一部の作品は、一見単なる「諧謔味」を意図して書かれたものであるかのように見えるかもしれない。しかし耕衣によって書かれた世界のあれほどの多様性にほとんど目を向けずに、ただそれを「諧謔味」とだけ呼んですませてしまっては、何も語ったことにはなるまい。永田耕衣の俳句を「象徴的の方向に明るい道をとつてゐる」（朝日文庫三橋敏雄解説から引用）とした石田波郷の説すら、耕衣に関して流布するある種の誤解の典型でしかない。

耕衣の句の多くは（少なくともその成功例に関する限り）、どのように説明しても不可思議が残される事に特徴がある。言い換えると、耕衣の「笑い」は、今在る何かを写し取るのではなく、むしろつねに存在しない何かを目指して書かれている。

詩人の吉岡実が永田耕衣の俳句をよく愛好していた事は周知の事実であるが、彼もまた、この耕衣の俳句の独特の「諧謔味」について語っている。

句集『悪靈』には「死螢に照らしをかける螢かな」の呪術的な妖気があり、『闌位』には「芹鳴るや饅頭四五個思い出づ」の素朴玄妙な諧謔があり、『冷位』には「茄子や皆事の終るは寂しけれ」の虚空的な寂寥がある。（「耕衣粗描」）

芹が鳴ったから饅頭を「四五個」思い出したなどと言っても、普通ならほとんど意味不明のつぶやきでしかない。それが、俳句という形式の中では微妙な笑いの契機に転じうるという事を、この句は巧みに利用して書かれている。しかし、もちろんこれは尋常な感覚の書き方ではない。そこには、「笑い」というあるべき現象的な意味が書かれていない。

吉岡実はまた、「死螢に」の句に「呪術的な妖気」を、「茄子や皆」の句に「虚空的な寂寥」

をそれぞれ読みとっている。どちらも、耕衣を語る上において欠かせない俳句であろうが、同時にそれらがこの文章において「芹鳴るや」のいわゆる諧謔味を前後から規定している事にも注意しよう。「妖気」と言い、「虚空的な寂寥」と言い、何か尋常ならざる謎を内包している言葉であるが、見方を変えれば、それらはいずれも結局、耕衣の「諧謔味」における不可思議の部分を、それぞれ別の仕方で表現しているにすぎないとも言える。この二つの言葉によって耕衣の諧謔の句を形容してみせるその絶妙な言語感覚にこそ、吉岡実の耕衣理解の正確さが観察される。

2

永田耕衣の言語感覚の独自性は、何らかの既存の「世界」の常套性を、一つのまったく別の世界観に転換するときに特に明瞭に見出される。そこでは、世界はもはや制度ではなく、むしろ開かれた多様性そのものである。

別の言い方をすれば、耕衣の句を読んでいくうちに、読者はしばしば水上に辛うじてあらわれた氷山の頂きを見ているような感覚に襲われる事になる。耕衣は、立て句の作者としてはさほど傑出した存在ではないし、耕衣の句における一つ一つの表現は、しばしば凡庸にすら見えるのであるが、鑑賞の上でその事が欠点にうつる事がなぜか少ない。言いかえると、永田耕衣の俳句は、他の多くの俳人と違って、特定の少数の代表句を引用する事が難しいのである。もちろん、代表句と言えるものもあるにはあるし、それなりに流布してはいるが、それだけを見ていては、耕衣の文体の本質的な異質性は見えてこない。この特異な俳人の全体性について語るには、個々の句例をあげるだけではどうしても不十分である。それは、ある一つの読みの態度、形態にかかわる問題であって、そうした形態全体にわたる異質性の存在は、少数の代表作品だけを見ていては、しばしば見落とされる。耕衣を味読するにあたっては、まずそのゲシュタルトの全容を把握する事が何よりも重要である。

要するに、永田耕衣における一句一句は、喩えて言えば、水彩画における一つ一つの絵筆の運び具合のようなものであろう。事実としてはむろん一筆一筆が現前して見るものの前にあらわれるとはいうものの、それはあくまで全体の中での出来事であって、表現の性格としては、個々の句は、むしろ緊密かつ柔軟に全体の中に溶けこんでいるのである。これは、実に驚くべき事である。

江戸時代のその末期、文化文政の時代に名を馳せた狂言作者に鶴屋南北という人物がいる。(鶴屋南北という屋号は、実は彼以前に使用されていて、当の南北はその名を継承しただけなのだから、正確には四代目鶴屋南北と言うべきであろう。)南北の作劇法は、彼以前の例えば近松やその他の劇作家のそれとは大きく異なっている。その特徴は、すでに江戸後期には広く浸透していた様々な歌舞伎的「世界」を徹底して酷使し換骨奪胎する手際のよさにあって、南北は「世界」を縦横に駆使しつつそれを異化してみせる事にその手腕を発揮した稀代の鬼才であった。ここで言う「世界」とは、一つの歌舞伎用語であって、当時は演目の背景となっている物語の基本的な大枠がだいたいは決まっていたのである。曾我物（の「世界」）、平家物語（同）、義経記（同）といったように、歌舞伎における「世界」は、それぞれ伝統的に確立された筋立てや登場人物があり、観客はこれらの「世界」を自明のものとして受けとめながら、なおかつその「世界」を楽しむために歌舞伎小屋に足を運ぶのである。（現代で言えば、それは水戸黄門やスタートレックといったシリーズものの手法と似ている。）その確立された「世界」の規範性を、四世南北は巧みに利用する。例えば、著名な『東海道四谷怪談』は、実は初演当時、『仮名手本忠臣蔵』の外伝として上演されている。中で最もよく知られた第二幕の冒頭は、次のようなやりとりからはじまる。

（宅悦）
もし〳〵、伊右衛門様、左様でも御座りませうが、そこが御料簡ものでござりまする程に、もう、一兩日のところを。

（伊右衛門）
いや〳〵、待つことはならぞ〳〵。いはば、あの小平めは、取逃げ驅落ち。捕へ次第に、身が手打ちにせねば、腹がいぬわえ。このやうな賃仕事を致し居るも、浪人暮しの、コリヤ慰みと申すものぢや。主人が榮えてゐらるれば、塩谷の家中民谷伊右衛門、きつと致した武士ぢやぞ。なんと心得てをるのぢや。返答次第で年寄りとは云はさぬぞよ。

ここで、伊右衛門が、自分の事をわざわざ「塩谷の家中」にあった浪人であると言ってみせている事に注意しよう。ここで言及されている塩谷判官とは、史実に即した現代版の忠臣蔵で言えば浅野内匠頭、またここには出てこないが、高師直は吉良上野介に相当する役柄である。その登場人物の役名からして、忠臣蔵のそれと同じ事は容易にわかるのだから、一八二五年江戸中村座での初演当時でも『四谷怪談』の依拠する「世界」が忠臣蔵のそれである事は誰の目にも明らかであった事になる。（しかも南北は、伊右衛門に「主人が榮えてゐらるれば、きつと致した」武士であるはずだと言わせる事によって、舞台が塩谷家の御家断絶後、そしておそらくは討入り前の、浪士たちの生活が困窮した時期に置かれている事を明示している。）しかし一方で、この物語の上では、元塩谷家藩士であり本来なら主君の仇をとるべく討入りに参加するはずの民谷伊右衛門は、仇と目される高師直の家臣伊藤喜兵衛の家に婿入りして高家へ士官するために、妻お岩の殺害を計画する事になる。これは、明らかに忠臣蔵の勧善懲悪の倫理を逆手にとって転覆してみせたアイロニーである。実際、『四谷怪談』の初演当時、南北はこの劇と『仮名手本忠臣蔵』とを、あくまで一対の出し物として同時に上演させている。（現代のように『四谷怪談』

だけが単独の出し物として上演されるのは、その再演以降である。）この点だけを見ても、南北の意図は明白である。与茂七という正義漢は登場するものの、『四谷怪談』の中心的主題はあくまで色悪伊右衛門の俗悪さであり（初演では七世市川団十郎がこの役を演じている）、特に初演の構成では、この外伝が本編の『仮名手本忠臣蔵』との組み合わせで上演されているために、落伍者伊右衛門とその取り巻きの悪徳非道ぶりが、討入り前の四十七士の倫理性を言わば内側から食い破るような仕組みになっている。『四谷怪談』の基本的な作品構成法は、何よりも当時の浄瑠璃と歌舞伎双方におけるロングセラーであった『忠臣蔵』とその「世界」の虚構性を裏側から批評してみせるパロディーの方法であった。

永田耕衣の方法は、まずとりあえずは、四世鶴屋南北のドラマツルギーと類似している面があると言えるだろう。南北が忠臣蔵という歌舞伎的「世界」の強固さを言わば逆手にとり、それを利用して縦横に自作劇のダイナミズムに変えたように、耕衣の作品もまた、俳句という言語文化・表象文化の保守性に取材しつつ、その伝統性そのものを、それを転覆する魔力に転換する事に成功しているように見える。例えば、先ほどの「かたつむり」の句である。かたつむりと言えば、「かたつむり甲斐も信濃も雨のなか」（飯田龍太）という山国的な風土性や、「蝸牛《ででむし》や降りしらみては降り冥み」（阿波野青畝）に見える夏らしい雨後の明暗の光景を想像するのが普通である。どちらの句も、伝統的な俳句の成果として、それなりに見事なものであるが、一方でその「世界」はすでに俳句的に確定された「かたつむり」のイメージと無理なく調和しており、それ故ある意味ではきわめて常套的でもある。言いかえると、これらの作品に表象される風景が、言わばかたつむりという季語の俳句的本意である。本意などといっても、「そんなものわしゃしらんわい」とでも耕衣なら言うであろうが、むろん知らないはずはなく、実際先の「かたつむりつるめば」の句は、一見そうした風土的な原風景とは無縁な作品として書かれてはいるが、しかしそれを巧みに利用しつつ作品世界の中に取り込んでいるとも言える。四世南北流に言えば「世界」の脱世界化であろう。耕衣自身は、それを「茶化し」と呼んだ。

茶化しに笑いは付きものである。だから、耕衣の俳句にしばしば「笑い」という語が登場するのは、むろん不思議ではない。しかし、南北の場合と違って、耕衣の笑いはときにあまりに奇抜であり、現象的にはほとんど理解しがたい形で言語化されている事も多い。

死近しとげらげら梅に笑ひけり　（『加古』）

なんでゲラゲラ笑うのか、これだけ読んでもわかるものではない。この句もまた、耕衣の俳句として比較的知られたものであるが、その解釈はと言うと、実はあまり要領を得ないものが多い。昭和九年、父の臨終に際しての句であるが、まるで意味不明なのである。百歩譲ってそれが例えば父を亡くした「哀しみ」故の発作的な笑いであると解釈するとしても、それをこうしてテキストの言葉として定着する耕衣の俳句的感覚は、やはりどう見ても尋常には見えない。（笑っているのは「父」であるという解釈もできるが、それにしても同じく尋常ではない。）しかもそれが、他の誰かに笑いかけるのではなく、「梅」に笑いかけているのである。これは文学作品というよりも、ほとんど禅問答の言語感覚である。あるいはむしろ、空虚で虚無的な笑いととる事もできるだろう。後年の句集『吹毛集』には、「池の鯰が笑ひて人も笑ひけり」という句もある。池の端の鯰と人とが調子を合わせて笑っているのだが、これもわかったようで実はよくわからない句であり、耕衣に割と典型的な失敗作の一つと切り捨てる事も容易である。

どういう訳か、しかし、耕衣の句集を読んでいると、そういう細かい理屈はどうでもよく思えてくる。すでに述べたようにそれは、耕衣の俳句の総体としての形態にかかわる問題であって、そうした形態全体にわたる異質性の存在は、個々の句例を挙げるだけでは厳密には伝達しがたい。にもかかわらず、耕衣の俳句世界のそうした独特な性格を明らかにするには、結局はその作品に語らせる以外にはない。しかも、明示された作品世界は、その多様さ故に複雑怪奇ではあるが、その実際は意外にシンプルな事実に向かって書かれている印象を受ける。しかし、事実が単純であればあるほど、それを語る言葉は複雑にならざるを得ないのも確かであろう。

3

ある限定された作品論のレベルで言えば、永田耕衣の俳句作品は、四世南北流のカルナバルの笑いに満ちたポリフォニーであるとも言えるのだが、また他方そのポリフォニックな笑いの多様性が、俳句という形式において、空無の意識と不思議に調和している事がもう一つの特徴である。少し言い方を変えると、それは、あらゆる意味で形式の自由さ、自在さを追求しているという事ができる。例えば、耕衣の代表作の一つに、次の俳句がある。

近海に鯛睦み居る涅槃像　（『吹毛集』）

この句は耕衣の最もよく知られた句の一つであるが、いろいろな意味で耕衣の俳句作品の特徴をよく示している。句の構成としては、涅槃像と睦みあう鯛との対比がこの句の表現の眼目であろうが、この句の魅力は、一つには、まるで人間のように笑いあう鯛の豊かな表情と、そこから生まれるある種の優しいユーモアに由来すると言ってよいであろう。この句が実際の涅槃像を見ての作であったのかどうかは、ここではさして重要ではない。耕衣の作品にある程度親しんでいる読者であれば、笑いあう鯛の表情に耕衣自身のあの独特の笑い方を重ねて読みとる事すらあるかもしれない。これが、鯰でも鮎でもなく、鯛である事にも注意すべきである。なぜ鯛が笑って見えるかと言えば、鯛と言えば宴会の場につきものの料理であり、そこでは老若男女が悉く笑っているので、おそらくそういう連想も無意識に働いているように思われる。しかしいずれにしても、他方でどういう訳かこの句は、その「笑い」が笑いだけにとどまらない不思議な空虚さを感じさせる。その理由は、結句が涅槃像となっているためであり、その事が宴の騒々しさの裏面にある種の空虚さを感じさせるためであろう。この句は、「カルナバル」、

「笑い」、あるいは「ポリフォニー」と言ったような出来合いの批評用語では語りきる事のできない独特の多様性をその中に抱え込みながら、しかし一方でそうした豊かさと表裏をなす奇妙な空無の意識において不思議な調和を獲得している。逆にいえば、そうした空無の意識が耕衣の笑いの性格を裏側から規定しているという事もできる。同様な特徴は、さらに遡って、最初の句集『加古』や、その後の『驢鳴集』の作品にもすでに見いだす事ができる。

日のさして今おろかなる寝釈迦かな　（『加古』）

竹の葉のさしちがひ居る涅槃かな　（同）

夏蜜柑いづこも遠く思はるる　（『驢鳴集』）

馬鈴薯を掘るたび我は何処へ行く　（同）

冬蝶を股間に物を思へる人　（同）

「日のさして」は初期句集『加古』に収録された句であり、おそらくは耕衣の最も早い時期の成功作の一つであるが、ここにもすでに耕衣の基本的方法がはっきりとあらわれている。むろん、寝釈迦と言えば、阿波野青畝の「葛城の山懐に寝釈迦かな」という代表句がすぐにも思いうかぶ。青畝の句は、葛城の山そのものを大きな懐に見立て、その山中の山寺に掛けてある釈迦入滅の絵姿を対照的に配置して、入滅という悲劇的主題を大自然の悠然とした風格とユーモアにくるんで表現した名句である。（ところで、寝釈迦とは、旧暦二月一五日の釈迦入滅の日に掲げる涅槃図に描かれた寝姿をいう。この絵図では、入滅する寝釈迦の周囲に、仏弟子をはじめ、禽獣虫魚に至るまで、この世の衆生が嘆き悲しんでいる図が画かれている。）耕衣がこの句に取材したものかどうかはともかく、彼が「寝釈迦」という主題を扱う時にも同じく入滅という主題が下敷きとなっている。しかも、耕衣においては、「今おろかなる」寝釈迦なのである。同じく山寺において横たわる釈迦の寝姿（の絵または彫像）を想像してみよう。夜があけて日がさしてくるにつれて、その寝転んでいる釈迦の顔つきがとてもおろかしいものに見えてきたと言う訳である。なるほど、そう言われてみるとそう見えるのかもしれない。（もちろん「おろか」というのはここでは修辞表現であって、必ずしも字義通りにとる必要はないが。）句の調子としてはむろん句格の高さにはほど遠く、むしろ卑俗な田舎歌のそれに近い。青畝の句に控えめなユーモアを読みとるとすれば、耕衣の句は遠慮会釈のない馬鹿笑いそのものであり、その分だけ釈迦入滅という主題のイデア性を換骨奪胎する批評性が徹底している。

あるいは、先述のように、こたつの上に置かれた「夏蜜柑」を見て、そこから「いづこも遠」いように思われる、という空虚な感覚に襲われるというのも、どう見ても尋常の句作の感覚ではない。馬鈴薯を掘るという単純な肉体労働であるのに、掘るたびに自分の身体が軽くなっていくような感じがすると言うのも、同様である。そう考えてくると、例えば一見なんとも阿呆らしい最後の「冬蝶」の句にも、どこか得体の知れない妖気がただよってくるように見える。こうした独特の生命力とでも呼ぶべき多様性が、ただちにそれを無化するかのような空無の感覚を想起する事が、耕衣の俳句を何よりも特徴づけている。

ベルクソンは『創造的進化』の中で、我々の運動知覚における映画的幻想（cinematographic illusion）を批判している。ところが、その同じベルクソンが、今度は『笑い』においては、人間（例えば喜劇俳優）の動作の機械的な不連続性、ぎこちなさに、我々の笑いの本質を見る事になる。（例えば、チャップリンの映画の観客は、彼のぎこちない仕種やふるまいに、ユーモラスな可笑しさを発見してそれを笑う。）しかし、これは、考えてみればおかしな逆説である。というのも、『創造的進化』では「われわれの知覚の映画的習慣」の産物にすぎないとされた「不動なデッサン（の表象）」が、今度は喜劇役者のぎこちなさの中では「笑い」「可笑しさ」として再発見されているからである。ベルクソンは、プラトン的なイデアの哲学を、生成流転する現象の連続性躍動性を正確に知覚する事がない偽物の形而上学であるとして批判する。それならば、我々の「笑い」を誘うある種の動作のぎこちなさや機械性も、同様に生成的な現象の本性を錯覚させるという意味で、錯誤そのものであるはずであろう。つまりは、ベルクソンにとって「笑い」もまた「映画的錯覚」にすぎず、プラトン的なイデア哲学の悪習にすぎないという事になるのか。むろん、そうではないはずである。普通に考えれば、笑いはぎこちなさに起因するのではなく、むしろその反対である。現象的に見て、笑い（とその対象）ほど生成の躍動に近いものはないように思われる。笑っている我々の心的状態は、ぎこちなさとは対極にある。

もっと正確に言うならば、笑いを誘う動作はぎこちないものであるとしても、笑いという心的現象そのものは生成的であるはずである。

してみると、もし仮にベルクソンの観察が正しいとすれば、笑いとは、機械的、不連続的な動作のぎこちなさを、生き生きとした躍動に変換する（しようとする）我々の心的作用に他ならないという事になる。つまり、ベルクソン自身の言葉に即しつつそれを多少敷衍して考えてみれば、我々の笑いは、運動の不連続的知覚という不自然な状態を、自然な運動性そのものへと転換しようとする我々の無意識の衝動に他ならないという事になる。もっと端的に言えば、笑いはそのまま映画的である。映画的知覚においては、我々は、シネマトグラフという装置によって投影される不連続な写真の連鎖を、連続する運動の体験そのものへと心的に転換している。同様に、我々が「笑って」いるとき、我々は、そうした知覚レベルの映像化現象とちょうど同じような転換操作を、もっと心理的なレベルで遂行している事になる。つまり、「可笑しさ」とは一つの心的錯誤であって、しかもその錯誤は我々の精神活動になくてはならないものである。

だから、いわゆるパロディーが何故可笑しいのかを説明するのは、実は簡単である。パロディーは、つねに先行する著名な作品の（多くは悲劇的ないし物語的な）「世界」に取材しつつ、その作品のイデア的性格によって不自然に硬直してしまっている我々の認識を、言わば揺さぶるのである。その事によって、イデア的「世界」の不自然さやぎこちなさが解消されて、一転してその基盤にある流動性が回復される事になる。良質のパロディーは、そうした躍動的な心的作用を誘発する。パロディーの裏側には、つねに世界のイデア性が隠されている。

鶴屋南北の『四谷怪談』等の劇作と違って、耕衣の俳句作品は先行作品のパロディーであるとは正確には言えないが、しかしその表現効果の性質は一面できわめてよく似通っている。南北と同様に、耕衣もまた、我々の認識のある種のぎこちなさを笑っている。例えば、季語という「世界」のイデア性を暗に批判しつつ、その本来の流動性を解放しようとするのである。「茶化し」という言葉で含意されているのは、こうした作句手法の事であろう。しかし繰り返すように、そのとき「笑い」が「笑い」でさえなくなってしまう尋常ならざる空無が彼の意識を別様に規定している事にも注意が必要である。

もう一つ例を挙げよう。先にも挙げた『吹毛集』の中に、

移動せむと緑蔭はまたうごめきぬ

という句が見える。「緑蔭」は、季語としては本来は、夏に生い茂った樹木の下にできる涼しい木陰の事をさす。「緑陰」とも言う。ところが耕衣は、その緑蔭が「どれ、ちょっととなりの森でものぞいて来ようか」とでも言わんばかりにうごめいたんじゃないかと言っている。しかも、一度や二度ではない。「また」うごめいたのである。宮崎駿風に言えば、まるで『となりのトトロ』の伝承世界にも近い感覚である。しかし、いずれにしろこの不思議な感覚は、「緑

蔭」という伝統的定型的な季語の「世界」と調和するような平穏な言語感覚ではない。だいたい「うごめきぬ」などと、普通の俳人ならよほどの事がない限り使わない。「うごきをり」なり、「うごく」なり、もっと穏当な言葉を選択するはずである。（むろん、それでこの句がよくなるかは別にしても。）それに、「移動せむ」の「せむ」は、いったい何か。まるで緑蔭が意志をもって動いたみたいな書き方である。しかも、そうやって動いているのが、森なり木なりそれなりに姿と実体をもったものであるならまだわかるのだが、蔭というういかにも捉えどころのない何かがたしかにうごめくのである。これは、やはりどう見ても普通の感覚ではない。

4

現代俳人の四ッ谷龍氏は、永田耕衣の俳句の特徴を、芭蕉につながる「劇」の要素の導入に見ている。つまり彼は、耕衣を、子規以降の近代俳句の歴史の中では例外的に、俳句に「劇」を導入する俳人であると規定しているのである。しかし、ここで言う「劇」とは、どういう事か。四ッ谷氏は言う。

芭蕉は俳句の中で、自分をピエロに仕立ててさまざまなコメディを演じてみせた。人間の行為の馬鹿馬鹿しさを強調することによって、人間の非力さと運命の偉大さを読者に知らしめようとした。耕衣もまた、俳句の中で事物の滑稽な側面を強調して描くことにより、世界の本質について読者に瞑想させようと試みるのである。高浜虚子の率いたホトトギス俳句は豊かな成果を残してきたが、その方法はあまりに洗練されているがゆえに、「現代」という激しく変動する社会に生きる人間の混迷した精神を受けとめる器とはなりにくくなっていった。永田耕衣は人を驚かせるような奇抜で諧謔味のあふれた表現を多用することによって、人間の精神を激しくゆさぶった。耕衣の俳句を読む者は、人生を傍観するのではなく、人生について耕衣とともに思考することを求められる。

（『俳句の歴史　芭蕉から耕衣まで』）

四ッ谷龍氏の考えでは、耕衣は、子規以降の近代俳句の中で切り捨てられてきた俳句のもう一つの表現的可能性を、少なからず継承している。その可能性とは、「人間の非力さ」を知らしめ「事物の滑稽な側面」を強調して画く「劇」の導入であり、耕衣流の「諧謔」の手法である。だから、例えば先の「今おろかなる寝釈迦」の句等も、そうした「劇」の方法として理解できる事になるのである。

しかしそれは要するに、先に挙げた四世鶴屋南北の演劇法そのものではないか。というよりも、南北の「劇」こそが、ここで言われている「諧謔」の神髄であり、従って仮に芭蕉の俳句にそうした一面があったとして、それを最も正確に継承していると言えるのは、耕衣以前に四世南北の演劇ではないか。今この引用の文脈を近世歌舞伎論に置きかえ、また耕衣の名を南北と取りかえたならば、上の文章はそのまま南北論として通用するであろう。

実際、耕衣と同様に、四世南北にも人を食ったような逸話が数多い。例えば南北は、『寂光門松後万歳（しでのかどまつごまんざい）』という戯れ台本を書いて、自分の葬式をパロディーにしているが、実はこの戯文を実際にその自分の葬儀の日に配布するように遺言している。のみならず、その台本中には、桶を叩くポンポンという音とともに棺桶が砕けて白装束姿の南北が飛び出して登場する場面まで書いてあったと言う。（南北は、生前から、棺桶を劇中に多く登場させる事でよく知られていた。）葬儀に参列した人々にしてみれば、あきれてものが言えない所業であったろう。その徹底した悪ふざけは、ある意味で、先の「死近しとげらげら梅に笑ひけり」の句の精神と似通っているとも言えるのかもしれない。（ところで、耕衣にも「棺を割つて出て行く老人茨散つて」（『惡靈』）という快作がある。）それは、あるいはバフチン流に言うならば、カルナバル文学の一形態であると言う事もできる。

しかし、永田耕衣を四世鶴屋南北のような劇作家と単純に同一視して、それで話がすむ訳ではない。それどころか、事態はその反対である。南北流の「劇」性の導入という方法は、たしかに耕衣の一面を特徴づけてはいるものの、それだけで耕衣を語った事にはならないのみならず、そうした比較はむしろ耕衣の俳句世界を不必要に歪曲してしまう事になりかねない。例えば「げらげら梅に」の句であるが、この句は先述したように、それほど単純な自己劇化の句ではないようにも思われる。私は先にこれについて、いかにも意味不明な句であると書いたはずだが、この「げらげら笑い」の本質はそうした捉えどころのなさ、現象的な無意味さにこそあるとも言える。ところが一方、そもそも南北「劇」のパフォーマティヴィティやその諧謔性とは、本来それほど意味不明なものではありえない。わかりやすすぎるくらいに意味が明快でなければ、「劇」の諧謔味は半減されるからである。実際、四世南北の演劇は、おおむね現象的には明快そのものであって、同じく破天荒ではあっても、ある意味で耕衣の俳句の難渋さとは対極にある。

5

中沢新一は、そのよく知られたクリステヴァ論の中で、クリステヴァのいわゆる「パラドキシカルな笑い」を『祖堂集』にある禅公案に即して説明している。薬山和尚になぞらえて語られるこの説話では、和尚が山上を散歩しているとき「雲のうちから顔をだす月」を見て突然大笑いするのを、周辺の村民達が聞いて噂する様子が描かれている。（実は、これと類似の説話は、唐代の『伝灯録』にもすでに見える。）中沢は言う。

> 雲間が晴れ、そこから月が顔を出したということ自体にはなんの表象性も含まれていな

い（中略）薬山和尚が笑っているのはもっと別のことだ。この禅僧は、月が雲間から顔を出すことによって、連続のプロセスに句点が打たれたこと、連続体に切断がとびこんできたこと、ただそれだけのことに身体を揺らせて笑っている。

（『チベットのモーツァルト』講談社学術文庫版）

中沢新一は、薬山和尚が「雲間が晴れ、そこから月が顔を出した」事に大笑した理由を、「連続体に切断がとびこんできたこと」に見いだしている。雲間が晴れるというのは、中沢の解釈によれば、「月」という非連続性が、雲の流れの連続体の中に突然現れた事を意味している。それは、我々の意識現象の言わば（ラディカルな意味での）「外側」、あるいはその地平をめざしているとも言えよう。と言うのも、水平に展開する雲の流れを唐突に切断する月の出現は、「いかなる空間表象、いかなる言語様式によってもとらえることのできない無限にむかってもひらかれている」からである。それは同時に、ある種のまどろみから目覚める事である。その場合に、笑いとはポリフォニーではなくむしろ空無の意識の現れである。言いかえると、薬山和尚の笑いは、単なる現象としての笑いではなく、むしろそれらの現象としての笑いを空々しく無化するような言わば「擬似的な」笑いである。現象としての大笑は、この擬似的な笑いの逆説的なあらわれでしかない。

中沢新一は、さらにこの種の「パラドキシカルな笑い」「擬似的な笑い」の性質を、クリステヴァの「場所の名前」（『ポリローグ』所収）にもとづいて、さらに別の角度から特徴づける。『チベットのモーツァルト』において中沢自身がそれを要約するところによれば、次の通りである。生後まもない乳幼児は、引き離されたばかりの母親の乳房や身体に向かって「アナクライズ anaclyse」と呼ばれる呼びかけをおこなうのだと言う。そして、それに応えるようにふたたび母親の乳房がその唇にふれた途端、幼児の欲動の流れが「柔らかな笑い」となって幼児の顔からもれる。（中沢は、これを「擬似的な笑い」のアナログと見なし、「アナクライズの笑い」と呼ぶ。）乳児にとって、乳房や母親の暖かい身体といったような原初的な点や線には、「まだ内部も外部もな」く、そこではまだ「空間と呼べるようなもの」は形づくられていない。中沢は、そうした点や線を、むしろそこから空間性が形成される原初的な「場」として働くものとし、さらにそこに決定的な「位相的ねじれ」を観察する。

これらの点、軸、印を境にして、ある決定的な位相的ねじれがおこり、そこからいっさいの空間性の原基とともに、意識にとっての無限というものがたちあらわれるようになる（中略）つまり、アナクライズの笑いが生まれる「場」をつくりなす点は、こののち言語の論理 - 象徴機能に深くねざした空間的なるものがかたちづくられる基点をなすと同時に、いかなる空間表象、いかなる言語様式によってもとらえることのできない無限にむかってもひらかれているという、きわめてパラドキシカルな位置をしめることになる（後略）（同書）

まどろむような不分明な時間の中で、嬰児は何かに目覚めている。そこで体験されているのは、「笑い」や「喜び」であると同時に、より端的に言えば「驚き」に近いだろう。あるいは、もっと我々の体験性に擬して言えば、空虚な「笑い」の体験であると記述される他はない。そこでは空間的なるものはすでに在る何かではなく、今現に形づくられつつあるものである。すでに成立した形式ではなく、一つの（歴史的な）出来事である。笑っていると見えるのは、それを観察している大人の側の意味づけであって、むろんこの段階の乳幼児にとってそうした感情性は未分化の段階に止まっていると考えるべきであるから、アナクライズの笑いの幼児は、実際には流動する無意識の何かに目覚めていると言う他はない。解放された諸力がせめぎあう空間の場において、幼児は単純にそれらの力に動かされて「笑って」いる。それは、現象的には決して体験されない笑い、単なる不可思議としての笑いである。言うまでもなく、そういった笑いには、イデア的な意味はともなわないはずであろう。むしろ、アナクライズの嬰児の笑いは、複雑に錯綜する不定な力のからみ合いを即物的機械的にそのまま体現している。

翻ってもう一度耕衣の作品について考えてみると、その「笑い」が現象的に無意味であるとは、つまりはそれがここで言う覚醒の感覚に似ているという事である。換言すれば、耕衣にとって俳句とは今在る何かを写し取るのではなく、むしろそこから自然な流動性を取り戻すための詩型である。（ベルクソン的にいえば、その笑いは、シネマトグラフの機械的なぎこちなさをある種の躍動に変換する心的錯誤に相当するだろう。）それは、後から振りかえって可笑しみとして意味付ける事ができるにしても、現象的にはむしろ空虚で感覚のない笑いである。つまり耕衣は、認識の滑稽さの成立する起源そのものに立ってそれを笑っていると理解する事もできるだろう。そこには、笑いを笑いとして現象的に規定する何らかの「世界」が存在しない。それは、謎であり不可思議である事によって我々を衝き動かす力の場そのものであり、それ故空々しくまた自在なのである。その笑いを日常的なユーモアの感覚と混同したり、あるいは単に「諧謔」と呼んですませる事は、むしろ耕衣の俳句言語の本質を見えにくくするだけである。

6

すでにたびたび引用した『驢鳴集』は、『加古』『傲霜』に続く句集であり、耕衣の数ある句集の中でも最も言及される事の多いものの一つである。刊行は耕衣五十一歳の年（一九五一年）、集中には、その後の第四句集『吹毛集』と並んで、耕衣の句作が第一回目のピークを迎えた頃の優れた作品が並んでいる。実は、これらの俳句が書かれた時期は終戦直後の数年（一九四七年から五一年まで）の日本が戦後の混乱と困窮の最中にあった時期であるが、そういう時代にある故かどうか、耕衣の俳句に対する姿勢は驚くほどに自由でのびのびとしている。例えば、敢えて重複をいとわずに引用すれば、次のような句がある。

夢の世に葱を作りて寂しさよ
恋猫の恋する猫で押し通す
かたつむりつるめば肉の食い入るや
行けど行けど一頭の牛に他ならず
夏蜜柑いづこも遠く思はるる
馬鈴薯を掘るたび我は何処へ行く
野分吾が鼻孔を出でて遊ぶかな
池を出ることを寒鮒思ひけり
野遊びの児等の一人が飛翔せり
墓を去る時に笑ふや墓参り

どれも、すでによく知られたものである。「夢の世に」の句のように自他ともに認める秀吟もあれば、他方で中には毀誉褒貶の甚だしいものも混じっている。全体として見ると、すでに述べた耕衣俳句の総体としての性格が、ここでも一つ一つ確認できる。いくつか例をあげれば、「一頭の牛」の句などは、発表当時いわゆる「根源俳句」の句として論難されたものの一つであるが、今他の句との類似性のもとにこれを読むと、むしろ例えば「死螢に」の句につながるやや呪術的な雰囲気を感じる事ができる。また、墓参りで墓の前を去るときににやりと笑うな

ど と、これも普通の笑いではない。（私などは、この句を読んで「笑ゥせぇるすまん」のなんとも不可思議な笑いを連想してしまう。）一見するとまるで異なっているように見えるこの二つの句も、その不可思議な笑いの本質において相互に奇妙に類似している事がわかる。ところで、念のために少し付言しておけば、「夢の世に」の句において、栽培されているのが「茄子」でも「瓜」でもなく、半透明な「葱」でなければならない事に注意すべきであろう。つまり、「葱」の寂しげで透明な姿と、その即物的な味わいがこの句の不思議なエトスの源泉になっているのである。それが他のどの農作物であっても、この句は成立しないだろう。

その『驢鳴集』であるが、句集名は『臨済録』にある臨済と普化の説話に由来している。実際、耕衣はこの一節を「序に代えて」と称して冒頭に引用している。

> 一日普化、僧堂前に在つて生菜を喫す。師見て曰く、大いに一頭の驢に似たり。普化すなわち驢鳴を作《な》す。師曰く這の賊。普化、賊賊と云つて便ち出で去る。

そのだいたいの文意を現代語に訳するとすれば、次のようになる。

ある日、普化（という弟子）が、（臨済師匠の）僧堂の前にいて生菜を食っていた。これを臨済師が見て、「（お前）まるきり驢馬そっくりじゃぞ」と言った。普化はすぐに驢馬の鳴き声をした。師匠曰く、「この賊め（この野郎、なかなかやるわい）」普化は「賊賊」と言ってすぐに立ち去った。

耕衣はこの説話を殊更に気に入って、そこから句集名を借用したのだという。「驢鳴」集という人を食ったようなタイトルは、師匠の前で驢馬が鳴くその声を真似てみせた普化の賊賊ぶりから来ている。

このエピソードの場合も、可笑しいと言えば可笑しいのだろうが、しかしそのやりとりから受ける印象はむしろ、驚き、意外性の感覚に近い。この型破りな禅僧の行為とそのやりとりを見て、普通なら笑うというより以前にあっけにとられてしまうだろう。もちろん実際には、現実に生活しているもの同士のあうんの間合いがあるから、現場の師匠と弟子の間には笑いあう雰囲気があったかもしれない。しかし、この説話（のテキスト）を読んで面白がったという耕衣の感覚に関していえば、やはり尋常のユーモアを感じているとはとても思えない。耕衣はあくまでテキストとしての『臨済録』を読んでいる訳であるから、はるか昔の現場の雰囲気など知り得ようはずがないのである。いずれにしろ、そこから『驢鳴集』などと人を食ったような句集名を拝借するなど、やや飛躍が過ぎているとはいえいかにも耕衣らしい。別の見方をすれば、いかにも無邪気にして天真爛漫、齢五十数歳にして童子のような驚きぶりである。

『驢鳴集』以後、耕衣は当時の所謂前衛俳句の影響を部分的に受けながら作風を断続的に変化させる。『吹毛集』（一九五五年）『悪靈』（一九六四年）を経て、句集『闌位』（一九七〇年）はその題名そのままに高い完成度を示している。再び重複をいとわずに引用するならば、次のような句がある。

淫乱や僧形となる魚のむれ
蟬の如く石霊個々に石に還る
野菊道数個の我の別れ行く
芹鳴るや饅頭四五個思い出づ
魚生れて後水は在り秋の風
晩年やまだ海のまま夏の海

「淫乱」が僧形の魚の群れと併置される不思議な光景と言い、石に蟬の霊を見る変幻自在なイメージと言い、俳句が俳句でなくなるような種々の試みが耕衣の本質である。さらに同集には、よく知られた名吟

少年や六十年後の春の如し

が見える。これも奇々怪々、怪異老人耕衣の本領発揮というところか。むろん、春の野に遊んでいるのは、第一義的には不可思議で気まぐれな童子であり、その限りでは、それはむしろ神話的とも言ってよい光景ではあるが、それが同時に六十年後の老年の野遊びとまるで双子の兄

弟のように相似的に描かれている事にこの句の魅力がある。少年と老年がそれぞれ影絵のようにお互いの形象を異化する奇妙な二重イメージであるが、この句における少年は、それと気づいたときにはすでに少年でなくなっているような、一つの空疎な流動性そのものとして描写されている。読者は、それを一定の明確なアイディアとしてイメージする事ができない。この童子は、少年と思えばすでに老年の顔を、また老人の野遊びと思えばそうではなく気まぐれな少年の顔をしているようにも思えるのである。

ツァラトゥストラの逸話の童子ではないが、この不可思議な少年老人は、「アナクライズの笑い」の嬰児と同じ地点に立っていると言う事もできるだろう。パロディーという手法（例えば『四谷怪談』におけるような）の限界は、「世界」の規範性から自由である事を欲する事によって、逆に「世界」に束縛されてしまう事にある。永田耕衣の方法とスタイルは、それとは本質的に異なっている。

冒頭で述べたように永田耕衣にとって俳句とは今在る何かから自由であるための方法であるが、それはつまり彼が、今日半ば神話化された日常性のその裏側に意識と歴史の多様性を見ていたと言う事である。あるいはそれは、現代の多くの書き手が無批判に受容しているこの俳句と言うフォルムを、歴史的な出来事とみなしていると言う事でもあるだろう。繰り返すようにそれは、俳句と言うまどろみから目覚める事である。

俳句における俳句以後の世界は近代俳句が想定していたよりも遥かに多種多様であるはずで

あろう。その先駆的な事例として、素十や誓子や草田男とともに耕衣を挙げる事ができる。だが、そこにはフォルムと歴史的実在をめぐるこの俳句「世界」の二重性が、やはり胚胎している。

主要参考文献一覧

永田耕衣『驢鳴集』邑書林句集文庫（邑書林　一九九七年）
永田耕衣『永田耕衣俳句集成　而今』（沖積舎　一九八五年）
ベルクソン『創造的進化』岩波文庫版（岩波書店　一九七九年）
四ッ谷龍『俳句の歴史　芭蕉から耕衣まで』
URL　http://www.big.or.jp/~loupe/links/jhistory/jkoi.shtml（二〇一九年一月現在）
中沢新一『チベットのモーツァルト』講談社学術文庫版（講談社　二〇〇三年）

歌謡と戯れ――阿部完市論

俳句という多様体が一つの偶発性に他ならないとすれば、その究極的な不可能性は同時に俳句形式の遠心性の必然的な帰結である。しかしこの単純な事実が近代俳句の歴史の中で明瞭な主題となった事例はさほど多くはない。例えば「記載」と「口誦」との対比（久松潜一）において、記載詩歌のリゴリズムは仮初めの事象であるに過ぎないし、それどころかそうではないと考える理由はほとんどない。しかしにもかかわらず、実際には多くの書き手はこの仮想的現実を単なる事実として受け入れてしまっている。「俳句は俳句である」という歴史的にはあまり根拠のない主張は、しかし他面である種のニヒリズムと似ている。

現代俳句の多くの作品を読むとすぐわかるように、一見すると印象明瞭な表現的明晰さは、他方でしばしばその深層に不定形な意識の流れを含意している。俳句は本来この二つの現実を内に抱え込んでいるはずであるが、近代俳句の歴史においてその両方が同時に意識される事は驚くほど少ない。しかし中でも阿部完市の作品は、俳句そのものが偶発的な何かである事を絶えず想起させる稀な事例である。

阿部完市の俳句については、金子兜太や飯島晴子をはじめとして、すでに幾つかの優れた論考がある。金子兜太は、阿部完市の独特の韻律性について書いているし、また飯島の「阿部完市論」は、おそらくこれまでもっとも阿部俳句の本質にせまった力作であろう。どちらも、今後の阿部俳句の評価に欠かす事のできない評論である。それと同時に、阿部完市には、阿部自身による俳論、論考が幾つかあって、私はこれからそれらを中心にしばらくその俳句を論じてみようと思う。

　現代俳句の全体のコンテクストにおいて考えた場合、阿部完市の論と作品は、そのさまざまな問題がそこに発見され、またそこからそれらが新たに展開していく、いわばひとつの大きな鉱脈に他ならない。むろん、そうした阿部俳句の特徴は、ひとつには俳句の世界化、多言語化という独特の現場のなかではじめて明瞭にみえてくるという性格をもっている。だから、ここでの私の論考は、私がそれらの俳句の現場で見たもの、発見したものを、阿部完市のテキストのなかに新たに再発見するという作業を通じて明確となっていくはずである。

「前衛俳句」とは、一面で、意味という現象そのもの、あるいは伝わりにくさ（伝達の非定型性）という事を主題とした表現運動であったともいえるだろう。それは、美術でいえば表現主義あるいはフォービズムの運動とも類似していて、明晰さを追求する印象主義的な簡明性が犠牲にしてきたさまざまな非定型性を、俳句言語のなかに回復する試みであったと理解される。一時の熱狂と喧噪がすぎさって、その多くの俳句作品がもはや読まれなくなってみると、逆にそれゆえにかえって明瞭にみえてくる事もあるのである。そうした非定型性への関心は、実際にはいわゆる「前衛俳句」の枠内だけの現象ではなく、現代俳句全般により広範に観察されるのであるが、私はここではその問題にはふれずに、阿部完市という俳人に焦点をしぼって論じる事になるだろう。スタイルとしての「前衛俳句」とその歴史的な意味は、現段階でまだ十分に明らかになったとはいえないが、少なくとも我々は、阿部完市の規定する前衛俳句の理念になるべく忠実に、その俳句と評論をみていく事にしよう。

晴れているみかわまんざい濤がしら　（『にもつは絵馬』一九七四）
木にのぼりあざやかあざやかアフリカなど　（同）
へいたいいいちれつすべつてゆくよ名月　（同）
すきとおるそこは太鼓をたたいてとおる　（同）
鳥がきて大きな涙木につるす　（同）

どれもすでによく知られた句であるが、私はこれらが発表当時にどう評価され、受容されたかについてはあまり知らないし、実際それほど関心がない。むしろ、私はここでそれらをあくまで現代のテキストとして読む事に専念したいと思う。とくに「あざやかアフリカ」の句など、ア音の明朗なリフレインとその心地よいナンセンスが、一読して忘れがたい明快な印象をのこす。アフリカ類人猿の身体と同化して書かれたようなこの奇妙な句を、私はとりわけ愛好しているのだが、しかしそれにしても、現代的な意味でこの句はどのように評価されるのが的確なのだろうか。

　阿部完市は、言葉が意味してしまう事、その概念性の現象そのものにあえて逆らって、その非意味的な作用と効能を最大限に引きだそうと奮闘しているようにみえる。しかし、そうした試みは同時にある種の伝わりにくさ、明晰さの欠如をつねに胚胎している。それゆえ、阿部完市の俳句作品は、それが本来もっている愛誦性、開放的な心地よさよりも、反対にその奇抜さ、実験的な難解さにおいて語られがちである。無意味を指向するその試みそのものが、逆に過剰な解釈と意味性をときに誘発してしまうのである。しかし本当は、阿部完市の俳句は、解釈以前に、なによりも単純に楽しむべきものとしてそこにある。（この事は、いくら強調しても強調しすぎる事はないだろう。）だから、本来なら、阿部完市の俳句は、伝わりにくいもの、難解なものでは決してない。読者がまず発見すべきなのは、なによりもその言葉の心地よさであり、快さなのである。阿部完市のナンセンスの生みだす不思議な魅力を享受できさえすれば、本当はそれで十分である。むろん、その楽しみ、心地よさのひとつの原因は、阿部完市の独特の韻律感覚にあるだろう。たとえば、第三句についてみると、のっぺらぼうな「へいたい」さんが一列になって山道をすべっていく光景とそこに浮かぶ名月の対比は、現代的なアニメーションのユーモアとも解釈されようが、むろんこの句の本当の魅力はそこにあるのではない。むしろそうした鮮明な視覚の意味性を逸脱してある種の心地よさに変えてしまうその音韻の滑らかさにあるのである。

『にもつは絵馬』は、時期的にも海程参加後『絵本の空』につづく二冊目の俳句集であり、いわば阿部完市がもっとも阿部完市らしかった最盛期の作品が多く収録されている。おそらく多くの同時代の読者を魅了したであろうこれらの俳句が書かれたこの時期に、阿部完市は同時に海程をその主な拠点として、論と作品の両面で旺盛な活動を展開している。時代はいわゆる「前衛俳句」の喧噪のさなかであり、そこには当然現代史的あるいは俳壇的な文脈があるはずであろう。しかし、私は当面そうした歴史的な文脈には意図的にふれずに、むしろ書かれた俳句のテキストとその論考から出発して阿部完市を考えてみよう。というのも、私の印象では、阿部完市は社会や時代性とのかかわりにおいてその力量を発揮していくよりも、時代を越えた大きな問題を捉え、それを彼自身の課題として思索し実践していくときに最も個性を発揮するタイプの俳人であるように思えるからである。しかも、それゆえ逆に、その俳句と評論は、我々の時代にも共通する普遍的な問題を、つねに少なからず内包している。そうした阿部完市の可能性を正確に捉えるためには、過去を過去として捉える歴史主義の方法では不十分である。言いかえると、私の主たる関心は、阿部完市という現象になんらかの定義を与える事ではなく、むしろその可能性をさぐる事にある。

『にもつは絵馬』所収の代表句が書かれた昭和四十年代後半、阿部完市は『俳句研究』誌上にひとつの評論文を発表している。「前衛俳句の盛衰」（『俳句研究』一九七三年四月号）と題されたこの評論は、阿部完市が当時の前衛俳句の運動を社会性俳句や人間探求派といった歴史的文脈のなかに位置づけようとしたものであるが、しかしこれはむしろ阿部完市自身による完市俳句論として読める側面がある。この評論文そのものは、前衛俳句論として読むと、幾つか興味ぶかい指摘があると同時に必ずしも正確とはいえないところもあり、とりわけ、人間探求派批判は実際にはさまざまな問題を含んでいる。しかし、ここでの私の関心は、実はそうした難点にあるのではなく、阿部完市がそこで展開する俳句論の性格にある。

このなかで、阿部は、「人間探求派といわれる波郷、楸邨、草田男にあっては」「人間のこころ、人間精神」を述べる事に意を用いているが、そこで書かれる「人間精神の形たちは、いわば、それぞれにパターン、一種の心の類型達、観念であった」と論じている。阿部完市はここで、楸邨や草田男の俳句の方法を、「人間の生き様の内容のある一型、類型たちを書き連ねるものと特徴づけた上で、それを「生の、人間の生のある一瞬のあるものが、見事に書き洩らされている」と批判している。これ自体は、それほど意外性のある批評ではない。これは実は人間探求派のみならず、俳句という詩型の一般的な方法論に通じる問題である。しかし、私の関心はそうした原理的な問題ではなく、阿部完市におけるその創作実践とのかかわりについてである。

人間探求派に於ける、このようなそれぞれの内容の一般化、パターン化という傾向、傾斜は、それぞれに人間の心の内外におこる人間の心の現象であるという根源項の共有によって、不可避なパターン化（中略）一人間現象の共有に終っていたのである。「人間は。心は。生は。」とつねにくりかえされる、その設問が個々それぞれの心的現象のくり返し、反復によって、つぎつぎにそのひとつひとつの現象に於ける個という手足、眼鼻がもぎとられ、そぎとられつつ、一般現象という胴体のみの共通現象に墜ちこんで行ったのである。（中略）つねに個であれ、つねに生であれ、と思いつつ、人間の心的作業自らのもつ一矛盾によって、必然的なその運命によって、全的、平均的人間の心情現象表現という一般へと、常識へと落ちたのである。

重要なのは、ここでくりかえされる「一般（化）」「パターン（化）」という言葉であり、またそれらと対比されるように用いられる「個」「生（なま）」という表現である。これらはそれぞれおそらく阿部完市の俳句観の核心をなしている概念であるが、その意味するところはこれだけではかならずしも明確ではない。しかし、阿部完市の奇妙な作品群を念頭に置きながらこれを読むと、その俳句観がここでかなり正確に表現されている事が理解できる。阿部完市にとって、先行する人間探求派の世代は、戦後の俳句運動を決定的に特徴づける重要な潮流である反面で、それ故に（後述するように）さまざまな意味でその限界そのものでもあったはずである。それと同時に、阿部完市がここで擁護しているのは、なによりも当時のいわゆる「前衛俳句」の運動であり、その母体となった戦後の社会性論議である事にも注意すべきであろう。むろん私は、人間探求派とりわけ草田男や楸邨の俳句について、こうした批判が無条件に妥当するとは考えていない。それどころか、私見では、この手の批判はむしろいわゆる社会性俳句といわれるものの多くにこそ該当するとさえいえるだろう。「人間」という現象を追求する事がひとつの観念の作業であるとすれば、まさに「社会性」という主題そのものがさらに大きな意味での一般的な観念に他ならないはずである。（そして当然、この同じ批判は、社会性俳句の大きな影響下に発展した前衛俳句の多くにも、実はかなりの部分該当するはずである。）だから、実はこの問題は人間探求派に固有なものではなく、俳句がその表現の明晰さを追求するかぎりその内面につねに胚胎しているはずのものである。

「季節（季感）」にしろ、「人間（性）」にしろ、あるいは「社会（性）」にしろ、俳句における概念性という方法は、俳句表現を明晰化する重要な手段である一方で、そこに本来観察されるべき非定型性を見えなくしてしまう危険をつねにはらんでいる。それ故、いわゆる前衛俳句運動がなぜ起こったのかについて考えるとき、阿部完市のそうした非定型性への関心は重要な意味をもつ。私の当面の目的は、それに対してもっと明確な論理を付与する事である。

私は、ここでの論点を、（阿部完市自身の論点とは別に）人間探求派批判、根源俳句批判という歴史的なコンテクストからは切りはなして考えてみたい衝動にかられる。阿部完市がここで楸邨や草田男を仮想敵とみなして批判しているその論理の主要な部分は、実は人間探求派の作家たち（とりわけ、草田男）にも等しく意識されていた問題であり、それゆえ両者は実は意外なほど類似しているように私には思える。たとえば草田男がその視野の端に捉えていたものと、阿部完市が「前衛俳句」に託して歴史的に語っているその視点とは、さほど異質なものではない。明晰さとある種のフォービズムとは、ひとつの大きな表現運動、スタイルのなかにしばしば共存する両面であり、その点では人間探求派の作品も、阿部完市の「前衛俳句」論も、どちらも同一の論理の中をそれぞれの仕方で循環しているにすぎないのである。

　阿部完市は、つづけて当時の「俳句前衛」を定義して、「前衛俳句」においては、（とくに先行する人間探求派との対比で）その俳句に「観念がない」事、そこに「作る」という意欲や衝動のみ、「作句というエネルギーのみ」があって、「何をどのようにつくる、という固定がない」事を第一の特色としている。阿部完市は、ここで金子兜太の造型俳句論に言及しているが、全体としてみると、私にはむしろ彼は造型論とは別のひとつの論理を展開しているように感じられる。金子兜太に触発されている事は事実であろうが、作句において「エナジーそのものの存在」「自由な心の遊びそのもの」を重視するその俳句観は、実は阿部自身のそれに他ならない。さきの分類でいうならば、少なくともここでの阿部完市の論理の大枠は、俳句表現における明晰さよりもそのフォービスティックな非定型性により強く傾斜しているといえるだろう。金子兜太にもそうした要素はないわけではないが、しかし「造型論」というタイトルが示す通り、兜太の論理の基本的な性格はむしろ本質的にフォルマリズムであり、その点で、前世紀初頭のフランス超現実主義を思わせる阿部完市の方法意識とは、実はかなり大きな隔たりがある。要するに、阿部は、ここで「造型論」に多少とも感化されてはいるものの、それを独自の解釈で脚色する事で、自らの作句理念として再定義しているようにみえる。

むろん私は、かならずしもその論旨に完全に同意しているわけではない。それどころか、率直にいえば幾つか批判せざるをえない面もないとはいえない。たとえば、阿部完市はここで、しばしば「存在（ザイン）」という言葉を使っている。同じ評論文において、阿部完市は、「前衛俳句は、まず存在（ザイン）への俳句である」「存在（ザイン）に直結する俳句の出現」であると述べている。しかしその論理は、実は私にはあまり明瞭ではない。ひとつには「存在」という言葉自体が、あまりに手垢がつきすぎていて魅力的でない事もあるだろうが、なによりもその意味するところが私にはあいまいにすぎるように感じられる。（阿部完市がここで展開している論理に即していえば、ザインといわず、もっと直接的に脱自性というべきであろう。しかし、いずれにしろ私はこの手の議論にはあまり関心がない。）また、阿部完市の数ある評論文のなかでしばしば言及される「難解さ」、「難解俳句」についても、私はあまり肯定的にはなれない。同時代的な文脈としてみると、いわゆる前衛俳句の作品が「難解」なものとして批判されていた事は確かであり、それゆえ当時の文脈でその「難解さ」をある程度擁護する必要があったのは事実であろう。しかし実際には、どのような形であれ、「前衛俳句」の難解さを強調する事は、あまり生産的な議論であるとはいえない。むしろもっと語られるべき事は、なぜ（どのような点で）「前衛俳句」が魅力にあふれており、それゆえなぜあえて「前衛」でなければならないかという問題である。（そうでなければ、どんな精巧な論理も、結局党派的な自己弁護の域を出ないものになってしまう。）私は、阿部完市の作品が、「存在」について書かれたものであるかどうかにはさほど関心がないし、あるいはまた「難解」なものであるとは少しも思わない。私にとって、それは単純に心地よいものであり、それはそれで構わないのである。

例えば飯島晴子は、さきの評論のなかで、阿部完市の「自作ノート」（立風書房『現代俳句全集』第五巻所収）の一文を引用している。すでに他所で言及したものだが、重要であると思われるため再度検討してみよう。

> 私は、私の心というもの――いつでも何かきまりきって考え、同じ答を出し、同じ行動を示させる――をあまり信用しなくなった。「今まで」でない「今」を、「今までの心」でない、心の「今」を、真実の「今」をみたい、思いたい（後略）

この発言は幾つかの点で重要であると思われるが、ここではとくにこれをさきの人間探求派批判と関連させて考えてみたいのである。阿部完市は、「心の類型」「観念」を書いているにすぎないといって楸邨の方法を批判する。その批判の実質がどういったものであれ、それは実はここでいう「今までてない今」への関心と密接に関連しているように思われる。つまり、阿部完市は、その論と作品の両面において、概念化され、馴化された意味性としての現在を一度解体して、そこにひとつの生成を発見し、それを俳句の言葉の上に表現しようとして格闘しているという事である。俳句形式においてそのような実験を試みた事が、阿部完市の理論的な面での新しさであり、また当時の事情を鑑みればそれはひとつの発明、発見でさえあった。しかし、そうした「今までてない今」を実践するに際して、阿部完市がとった方法は、繰り返すように、実はその独特の韻律感覚であり、また無意味（ナンセンス）という現象そのものであった。もっというならば、その類いまれな韻律感覚なしには、阿部完市の作品といえども、単なる「前衛」、単なる「難解俳句」にすぎなくなってしまうのである。

るんるんと胎児つらぬく砲あって　（『絵本の空』一九六九）

絵本もやしてどんどんこちら明るくする　（同）

ローソクもつてみんなはなれてゆきむほん　（同）

たとえば一位の木のいちいとは風に揺られる　（『春日朝歌』一九七八）

うしろにはしおからとんぼ瞠り居り　（『軽のやまめ』一九九一）

ねぱーるのまずいちにちの深ねむり　（同）

せいたかしぎそのきりきりとして唱え　（同）

鮎あふれてたんすのなかの流れかな　（同）

そらまめそらまめこれからわすれものをする　（『地動説』二〇〇四）

たとえば鮎がたんすのなかにあふれてしまう第八句など、いかにもシュルレアリズムの絵画にそのまま出てきそうなイメージであるが、こうした句は阿部完市には実はあまり多くはないし、また典型的でさえない。それよりも、むしろ『絵本の空』からの三句や、『地動説』における「そらまめ」の句こそ阿部完市の作家的個性を十全に発揮したものであるといえるだろう。

奇妙に無意味であり、しかし奇妙に心地よいこれらの作品群は、おそらく「前衛俳句」の歴史を代表する成果のひとつであろうが、阿部完市自身にとってみればそれは、「今まででない今」の一回性を俳句の定型のなかにつかみとろうとする試行錯誤そのものでもあったはずである。しかし私は、むしろ、その試みが、やや意外な形で成功している事に驚いてしまう。作者自身の意図がどうであれ、阿部完市の韻律感覚は、その「今」をめぐる実験精神そのものを、独特のナンセンスな笑いにつつんで柔軟に表現してしまう。阿部完市の俳句文体を大きく特徴づけるこの奇妙で心地よい無意味さは、実は彼の理論的な面での業績とはあまり関連性がない。くりかえすように、それは単なる「前衛」である事から、奇妙に自由なのである。

私は以前、歴史的に前世紀以降の俳句の文体を大きく「写す（描写）」と「語る（物語る）」

の二つに分けてみると、たとえば中村草田男の一時期の作品などには、その両方の要素が分かちがたく混在していると語った事がある。今は必ずしもそうは考えてはいないが、いずれにしろ、戦後の俳句表現の展開を大枠で捉えてみると、新興俳句やその後のある種の伝統俳句にみられるような静的で描写的なスタイルと、社会性論議や前衛俳句につながっていく語りの方法（いわば批評性）とが、対立しつつ現代俳句の基本的な文法を構成してきた事はひとつの事実であるように思われる。しかし一方で、実は阿部完市の俳句文体は、草田男とは別の意味で、そのどちらにも属さない独自のものであるだろう。あえて命名するとすれば、それは、まるで「謡う」ような俳句であり、さきの両者がどちらも前提としている「意味」という現象をはじめから懐疑する方法であるともいえる。つまり、俳句において、「写す」のでも「（物）語る」のでもなく、「謡う」という第三の文体を確立した事が、阿部完市の文体面での功績である。

これは私の推測にすぎないが、フランス語の文献も解する精神科医としての阿部完市は、自動書記をはじめとする二十世紀はじめのシュルレアリスムの実験に、おそらくかなり早い段階で親しんでいたであろう。だから、阿部完市の俳句に、そうしたシュルレアリスム的な自動書記との類似性を見てとる事はさほど難しくない。たびたびＬＳＤ服用の作句実験を試みている事からもわかるように、一面で、阿部完市の俳句は、まさしく俳句の土壌に根ざした自動書記そのものなのである。しかし、意味への懐疑を指向する阿部完市の俳句的個性は、実はそれだけにとどまらない。

私の印象では、シュルレアリズムという運動そのものは、それがどのように理論化されようとも、本質的に概念という思考の法則からは完全には自由ではなかったように思われる。彼らが自動書記という方法を一部ではあるにしろ採用した事は、逆にいえば、そうした思考の概念性という制約を、むしろ明確に意識していた事の裏がえしである。たとえば、ある種のシュルレアリストは「手術台の上のミシンと蝙蝠がさの出会い」という有名なロートレアモンの詩句を、それがまるで歴史的な発明であるかのように喧伝する。しかし、私には、まさにこの実例そのものが、シュルレアリズムの理論的な破綻を示しているようにしかみえない。とくに、一部のシュルレアリストは無意識を言語化する手段として暗喩的なレトリックをとりわけ重視するが、しかしメタファーとは概念の法則ではなくていったい何であろうか。

阿部完市は、むろん（さまざまな理由で）暗喩という方法をあまり信用してはいないだろうが、それでもシュルレアリズムが暗喩においてめざしていたものを、もっと別の方法で探求しているようにもみえる。シュルレアリズムも一面で、阿部完市のいう「今までいない今」を追求する運動であった事は確かであろう。その点で、両者の理論的な関心はそれほど異質なものではない。しかしその一方で、彼らのそれぞれの作品世界そのものは、実はあまり似ていないのである。阿部完市が、（とくに理論面で）シュルレアリズムの影響を受けた事はあるいは事実であろうが、しかしその実作においては、その方法の限界を独自の仕方で乗り越えていったという事もできる。阿部完市俳句の「謡う」文体は、その意味で、シュルレアリズム的である以上に、シュルレアリズムに対する批判である。別の見方をすれば、フランスシュルレアリズムがその詩的実践において概念化していくそうした「今」の流動性を、阿部完市はむしろ非概念化、身体化していくと言ってもよいだろう。

つまり言いかえると、シュルレアリズムにおける多くの実験は、意味としての現在から必ずしも完全には自由ではなかったという事である。

私ははじめに、明晰さを指向する印象主義的な表現運動との対比で、とりわけ阿部完市やその他の俳人の作品を、俳句言語におけるさまざまな非定型性を回復しようとするフォービズムないし表現主義の運動であると論じた。しかし、そうした非定型性への追求は、実は俳句の歴史のなかでつねに隠蔽され、あるいは忘却されてきた事も事実である。そうした傾向は、いわゆる「前衛俳句」であれ、「伝統系」であれ、実はどのような俳句のスタイルにおいても観察されるありふれた歴史的事実である。私の印象では、いわゆる「前衛俳句」もまた、実はそうした忘却に加担したとさえ言える面がたしかにある。ある種の「前衛俳句」や人間探求派の俳句においては、社会や人間という概念が季語という概念とその基本的な役割を交替しただけで、本質的には何ら変わっていない事がしばしばある。というより、いわば印象主義的な明晰さと表現主義的なフォービズムとは、大きな表現運動のなかではいつも共存しており、実際には、俳句はそのスタイルにかかわらず、この対立をその内面に抱えこんでいるものなのである。だから、いわゆる「前衛俳句」の「社会性」を強調する事は、実は論点のすりかえであり、それゆえひとつの隠蔽でさえある。問題はそれが「社会的」であるかどうか、「人間的」かどうかなどではない。そうした表面的な正規性のたがを容易くすりぬけてしまう種々の非定型性をどれだけ許容し、またそれらを享受できるかどうか。どのような俳句のスタイルを選ぶにしろ、俳句表現の可能性は、そうした思考の自由さ、開放性にむしろかかっているのである。阿部完市が実際に問題としていたのも、そうした可能性そのものであろう。

私が阿部完市を俳句の現代におけるひとつの大きな鉱脈に喩えたのも、同じ理由からである。

明晰さについて——能村登四郎の俳句と方法

明晰さとは反面で一つの背理であり、その裏側には語られない多くの事実が隠されている。

1

俳句史の中で、戦後のいわゆる「伝統俳句」の表現方法上の特徴はいくつか挙げる事ができるであろうが、特に同時期の「前衛俳句」と比較した場合、その一つの顕著な傾向は、俳句における叙情的な可能性の追求にあると言う事ができる。一九六〇年代前後の前衛俳句運動が、俳句表現の言語的実験性や社会性にその価値を見いだしてきたとすれば、それと対抗しつつや や遅れて勃興したいわゆる新古典主義の作家たちは、定型有季の遵守とともに、ある種の明晰なリリシズム（と、今はやや無造作にそれを呼んでおく事にしよう）の回復をその作句理念の根幹に置いていたと言える面がある。例えば、ただちに次のような句が思いうかぶ。

鰯雲日かげは水の音迅く　飯田龍太

愛されずして沖遠く泳ぐなり　藤田湘子
磧にて白桃むけば水過ぎゆく　森　澄雄
春の月水の音して上りけり　正木ゆう子

しかし考えてみれば、俳句史の上では、叙情性という理念は、もともとはむしろ「伝統俳句」に反するものと考えられていたはずである。個別にみれば、そうしたリリカルな俳句表現への指向性は、蛇笏から秋桜子誓子など四Sを経て、龍太や澄雄などいわゆる戦後の伝統俳句にいたるのであるが、そこにはある歴史的なねじれが存在する。それは、一見「伝統的な」有季定型の歴史的な継続性の上に立脚しているようにみえながら、実際には断絶を抱えこみ、むしろ隠蔽しているとも言えるのである。つまり、有季定型俳句のリリシズムとは、「伝統俳句」という概念がその歴史的進展の過程で（意識的ではないにしろ）選びとってきた言わば戦略的な文体上の特徴であり、そうした文体の試みが一定の支持を獲得してきたからこそ、「伝統俳句」は七〇年代以降を生きのこる事に成功したのである[十]。

能村登四郎もまた、きわめて正確な意味で、そうした伝統俳句の系譜の上に位置する作家の一人である。彼の俳句作品の特徴は、まずはその良質な叙情性と、一句を構成する概念構成の簡明さにある。少なくともその成功句、代表句に関するかぎり、登四郎は、可能なかぎり簡潔で明朗な概念における自己彫刻にこそ詩的個性を開花させてきたという事ができる。言わば概念によって詩的描写を画定し、それを俳句の中にできるだけ明快に構成するのが、彼の俳句の本質的な方法である。ところで、このような登四郎俳句の基本的な性格は、第三句集『枯野の沖』（一九七〇年）において確立されるのであるが（したがって、ここでは主にこの第三句集以降の作品を取りあげる）、それは同時に戦後俳句における「伝統俳句」という観念の成立の時期とほぼ正確に対応している。それ故、一方では登四郎は、そうした実作面での試行錯誤を通じて、戦後の伝統俳句の成立に関与した作家の一人であったとも言える。

しかし、ここで私は、そのような登四郎の俳句について語る事によって、むしろそうした「概念性」という方法自体が俳句の現代になにをもたらしているかについて考えたいのである。

2

ところで、なぜ今能村登四郎なのか。

あるいは逆説的にきこえるかもしれないが、私にとって能村登四郎は、俳句という制度の中に俳句ならざるものを見る事の可能性を示してくれる俳人の一人である。より具体的には、彼の俳句は、「伝統俳句」の方法の中に前衛俳句の精神が形を変えて開花した少数の成功例の一つである。言いかえると、登四郎の俳句作品は、現代俳句のもっとも良質な可能性の一部であるという事である。

私はもともと師系や系譜というものから俳人をみる事を好まないが、能村登四郎の場合には、その俳句的出発が「馬酔木」であり、また國學院在学中に折口信夫の短歌雑誌「装塡」の同人であったという事実は、一定の意味をもっているように思われる。青年登四郎の資質あるいは関心が、俳句的な描写性よりも短歌的な抒情性に親和性があったであろう事はたしかで、それ故彼が「装塡」廃刊後に当時新興俳句の有力拠点であった秋桜子の「馬酔木」に参加したのもさほど不自然ではなかっただろう。要するに、登四郎は現代的な分類からみれば一応伝統俳句の系譜に連なる俳人という事になるのだが、一方でいわゆる新興俳句の作品と方法に青年期から触発されてきた俳人であったという事である。

しかし、それと同時に、登四郎の句や評言をたどっていくと、少なくともある時期いわゆる人間探求派のつよい影響下にあったと思われる記述がみられる。例えば、第一句集である『咀嚼音』(一九五四年)の後記において、登四郎はこう書いている。

私がここ数年来、俳句作家として一途に志して来たことは、人間表現の一事であった。有季十七音という限られた約束の中でいかに人間が描き出し得るかという事を、実作上で表現したかった。(中略)私もゆたかな自然に対して決して目をそむけている人間ではなかったが、貧しい教師としての私にはそうした余裕はかなしいかな乏しかった。更にもう一つ白状すれば、私にとって人間表現が最も大きく占められた課題で、その他のものに事実あまり興味をもてなかった。

「有季十七音という限られた約束の中でいかに人間が描き出し得るか」という質問は、少なくともその言葉の上では、戦後の一時期いわゆる人間探求派がかかげていたテーマ性ときわめて類似している。実際この文章は、著者名をふせて読めば、人間探求派座談会での草田男か山本健吉の発言かと読みちがうほどである。むろん作者の自己省察をそのまま信用する事は危険であるが、しかし後年の登四郎の作品形成からふりかえって考えてみると、ここでの登四郎の内省はそれなりに的確であったと言える。実際、登四郎自身の回想によれば、彼はこの時期草田男の句集を愛読し、また楸邨や波郷とは個人的に長いつきあいがあったようである。後に登四郎は、草田男や楸邨の俳句に批判的な発言をしているが、それも彼らのテーマ性そのものへの批判ではなく、むしろそれぞれの文体や方法論に関する批判であった。「人間を表現したい」という基本的な着想は、後々まで登四郎の作句理念に重要な意味をもっていたとみるべきであろう。

後年いわゆる伝統俳句の代表的作家の一人とみなされていく登四郎に、作品形成の早い段階でこうした人間探求派や新興俳句の影響の痕跡が認められる事は重要である。「伝統俳句」と「前衛俳句」という区別はもともと恣意的なものであり、おそらく今後の俳句の歴史の中で自然に消滅していくであろうが、しかし現代俳句が方法的にも作品評価の上でもこの二つの系譜に大きく分かれてしまっているという事も事実であるように思われる。しかし、俳句がそのような二律背反に陥る以前には、両者の垣根は今ほど高くはなかったはずである。登四郎は、俳句が伝統俳句の豊かさと前衛俳句の実験性とをあわせもっていた時代に台頭してきた最後の世代の一人であったともいう事ができる。彼が「馬酔木」の同人であり、人間探求派の影響下にあったという経歴が意味をもつのは、そうした事実のかぎりにおいてである。

ところで、私は実はいわゆる前衛俳句がこれまで開拓してきた方法にはあまり多くの可能性を見いだす事はできない。（その一つの理由は、歴史的にみて、前衛俳句があまりに性急にその作句理念を狭く規定しすぎてしまったように思われるためである。）むしろ、いわゆる伝統俳句と言われるものの中に、新しい前衛性ないし新興性を発見しうるのではないかと考えている。そうした可能性の萌芽は、すでにいくつも現れている。例えば、飯田龍太の俳句作品がそうであろうし、あるいは草田男や楸邨などの残したテキストにも同様の可能性を見いだす事ができる。前衛俳人といわれる中では、とりわけ鈴木六林男や佐藤鬼房の開拓した表現技術と主題も重要であろう。能村登四郎もまた、私にとってそういう文脈でいつも想起される俳人の一人である。要するに、繰りかえすように私にとって能村登四郎の残したテキストは、俳句の可能性というものを垣間見せてくれる作品遺産の一部なのである。

3

作家論として言えば、能村登四郎は、現代の伝統俳句における良質な詩的傾向（それを、さきに私は馬酔木流に「叙情性」と呼んだのであるが）をもっとも忠実に体現している俳人の一人であるとまずは言えるだろう。と同時に、登四郎の俳句は、そうした俳句の伝統的な範疇にはおさまりきらない異質性をも備えている。この事はさまざまな角度から論じる事が可能である。例えば、登四郎といえば真っ先に思いうかぶ次の代表句をみてみよう。

春ひとり槍投げて槍に歩み寄る　（『枯野の沖』所収）

おそらく能村登四郎とこの句においてはじめて出合った人は多いであろうと推測するが、登四郎自身はこの句について、「青春の倦怠感が描いてみたかった」と言っている（『鑑賞現代俳句全集第十一巻』林翔氏の鑑賞による）。それが正確な自己回顧であったのかどうかを私は知らない。しかし少なくとも、この自解が、この句の本質を作者自ら適切に言い当てている事はたしかである。春のグラウンドで、おそらくは大学か高校の生徒と思われるスポーツ選手が一人で黙々と槍投げの練習をしている。槍を投げては歩み寄り、また投げては歩み寄るその動作のうちに、作者は「青春の倦怠感」を感じとって、それを俳句の中に表現しようとする。（あるいは、この「槍投げ」は作者自身の自画像であるのかもしれない。）いずれにしろそこには、運動に伴う肉体的な高揚感とは異質な、あるさめた観察眼と思考性が感じられる。作者を捉えているのは、スポーツのもたらす身体的開放感そのものではなく、むしろそれが喚起するイメージの簡明さである。しかし一方でこの句は、運動そのものを描写的に記述する客観写生の態度とも大きく異なっている。槍投げは言わば一つの象徴であり、具体的な肉体性の描写であるよりも、むしろはじめからある主題に沿って明確に抽象化された概念性である。言いかえると、登四郎にとって「槍投げ」は、描写の対象である以上に、ある一つの主題を俳句の中に定着するための手段として意識されている。その事を、登四郎は、端的に「青春の倦怠」という主題として言語化してみせたのである。

この事は、しかし実にさまざまな事を教えてくれる。第一に、この句が実景を念頭に置いた写生句である可能性は否定できないにしても、前述したように、句の骨格はあくまで「青春の倦怠感」という概念そのものによって構成されている事に注意すべきである。(「馬酔木」流には、主観による構成と言いかえても一応は妥当であろう。)つまり、掲出句は、本質的にある一つの概念が作らしめた句であるという事ができる。これはむろんすべての句について言えるわけではないが、登四郎の成功句はしばしば一定の簡明な概念(ないし主題性)に収斂する傾向がある。(現在の伝統俳句では、こういうタイプの俳句が意外に多い。登四郎以外では、例えば飯田龍太の一部の作品がそうであろう。)そしてさらに言えば、第二に、自解の内容からもわかるように、登四郎が彼自身のこうした表現方法を明確に意識している事にも注意すべきであろう。つまり、表現技術の問題としてみると、能村登四郎は、たしかに一級の技術者であった事が推測される。一般に自句自解というものは、しばしば作者の側の任意の意図を強調しすぎるあまり、ときに見当はずれな解釈に終わりがちである。だから、登四郎の自解が的確であるという事は、実は登四郎自身が卓越した表現技法を持っていたという事を意味している。主題を選択して、それを的確に俳句の言葉の中に定着するという作業自体、相当の技術を要するはずであるからである。第三に、「青春の倦怠」を表現してみたかったというその主題性そのものについて考えると、こうした発想自体従来の俳句の中ではあまり見うけられないものであったはずである。しかも、登四郎がこの主題をきわめて意識的に選択していたという事実に注目すべきであろう。これはとりもなおさず、能村登四郎が俳句の中に言わば俳句ならざるものを見る俳人の一人であったという事である。言いかえると、登四郎は、有季定型という形式の中に「内面」という虚構を持ちこんだ俳人の一人であり、つまりは、その俳句的出自にかかわらず、前衛俳句の精神に（ある程度）親和性をもっていたとも言えるだろう。

4

すでに繰りかえし述べたように、能村登四郎の俳句（の少なくとも一部）は、その簡明な概念性が一つの特徴であるが、同時にそうした概念性が、現代俳句におけるもっとも良質な叙情性を獲得している事にも注意すべきである。しかも、この二つの事実は、どこかで現象的につながっている。概念は、しばしば俳句形式の中で、作者の主体的な抽象化を通じてなにかが読者に「語られる」事を可能にする。対象を描写する技術的制約から離れて、代わりに概念の明晰さに依拠して俳句をつくるという事は、作者が、主題という言語を通じて、なにかを読者に語りかけるという事である。（描写が描写に終止するならば、そこで語っている作者は意識される事はないが、そうした描写に概念的な主題性が加わると同時に、読者はそうした描写の背後に何らかの意図を感じとる事になる。）つまり、能村登四郎は、その作句技法の本質において、「写す（描写する）」俳人ではなく、「語る（物語る）」俳人であったという事である。登四郎の俳句が描写的である以上に抒情的であるともし言いうるとすれば、それは彼の俳句のこうした物語性に由来している。

もっとも登四郎自身は、かならずしもそうした俳句における「語り」について肯定的であったわけではない。晩年に登四郎は、自身の句業をふりかえって、第二句集の『合掌部落』（一九五七年）までの俳句は「抒情に流され」てしまって失敗しているが、第三句集にいたってはじめて「いわゆる語り部分がきえた」と述懐している（春陽堂俳句文庫『能村登四郎』所収の村上護氏との対談参照）。要するに、登四郎は自身の初期の俳句における「語り」を否定しているのである。これは、表面的には一面の事実を言い当てているようにも思えるが、反面もっと重要な問題を取りにがしてしまっている。私は、後年の登四郎が、正確な意味で俳句において

「語」らなくなったとはすこしも思わない。『咀嚼音』『合掌部落』から『枯野の沖』への変化は「語り」の表現技法が洗練されただけで、彼の俳句の基本的な性格にはあまり変化がなかったと考える事が可能である。つまり、第三句集の段階にいたってはじめて、登四郎は境涯を直接言葉にする事をやめて、概念に語らせる手法を習得したのであろう。要するに、『枯野の沖』以降の登四郎の俳句は、俳句において「物語る」事をやめたというよりも、むしろ「物語る」方法そのものを変革したという方が妥当である。

しかし考えてみれば、こうした概念性という方法自体は、実は登四郎のみならず歴史的に俳句そのものの特徴であったとも言える。もっともわかりやすい例をあげれば、俳句における季語という方法がすでにそうであろう。季語とは歴史の比較的早い段階で形成された種々の概念性であり、言葉としての季語の機能は（少なくともその多くは）、描写であるよりもむしろ象徴あるいは宗教画におけるイコンに近い。（逆に言えば、季語が概念であるからこそ、個々の描写に有用な道具として働きうるのである。）しかし、他の多くの俳句と登四郎の俳句との違いは、前者が概念を用いて実景を描写し言わば現前させる（事を目指している）のに対して、後者は描写よりもむしろ概念そのものの深化、簡明化を指向する点にある。要するに、両者の方法は、概念の象徴性を起点として正確に逆向きのベクトルを描いているのである。

離れゐて父子耕しの鍬そろふ　（『民話』）

霜掃きし箒しばらくして倒る　（『長嘯』）

それぞれ印象的な句であり、その意味で登四郎の代表句に数えてもいいものであるが、これらの俳句においても登四郎独特の作句技法が十全に発揮されている。一句目、遠近法的な奥ゆきを感じさせる「離れゐて」が句の第一のポイントであり、「耕し」という行為がこれによって一句の中に空間的に定位されている。この句の主題は、こうした遠近法的な空間性そのものにあり、そのような空間的な配置の中で耕しという行為が一つの普遍性をもった事象として捉えられている。一方これとは対照的に、「そろふ」という時間的な把握がこの句の第二のポイントである。この下五を得た事により、耕す行為の空間的な奥ゆきが、その時間性に沿って鮮やかに図式化されている。全体としては一句の構成があまりに図式的すぎる気もするが、しかしそれが登四郎の個性なのである。二句目では、使いおわった後壁に立てかけておいた箒が、ややや時間を置いて倒れたという、実に何でもない情景がそのまま記述されている。しかし、ここでもこの句の「しばらくして」という時間表現に注意すべきである。言ってみれば、登四郎は、事物が「倒れ」るという事、その時間的な事象そのものを句にしてみたのである。だから「倒れ」たのが箒であるかどうかは、実はさしたる問題ではない。言わば、この句は、事物が「倒れる」という出来事の概念性を簡潔に表現した句であるとも言えるだろう。

私は、たまたま時間と空間という概念図式に注目して、登四郎の句を分析してみたのだが、むろんそれは一例にすぎない。同様な表現構造は、もっと広い意味で、他の多くの句に見いだす事ができる。

薄墨がひろがり寒の鯉うかぶ　（『有為の山』）

この句も、晩年の登四郎の成功句としてしばしば取りあげられるものの一つである。例えば、倉橋羊村氏の『私説現代俳人像（下巻）』をみると、登四郎がこの句について次のように述べている事が紹介されている。

一見鯉の姿を写生したかのように見えるが、この句もすべてが写生ではない。『薄墨がひろがり』から『寒の鯉うかぶ』の間にある間はとても写生だけでは出来ない（後略）

（倉橋羊村『私説現代俳人像（下巻）』に引用されている自句自解）

むろんこの句は、鯉の池に実際に薄墨がひろがっている光景を描写しているのではなく、一つの象徴的なイメージとして寒中の鯉の動きを描き出そうとしているのである。「薄墨がひろがり」という表現から、読者はどうしても鯉の水墨画を連想してしまう。つまり、この句においても、水墨画における鯉のイメージが作者の表現を先導している。むろん厳密に言えばそれは概念とは呼べないであろうが、しかしこの特定のイメージが一句の中で果たす機能について考えてみれば、ここでもさきの引用句と同様の表現的な構造が見てとれる。共通しているのは、それぞれの事象の背後にはたらいているある種の概念性を抽出し（登四郎自身はそれを「（言葉の）イメージを摑」むとさきの村上氏との対談で表現している）、それを極限まで磨きあげて表現の中に定着していくという登四郎の作句技法の特徴である。

5

しかし、そのようにそれぞれ簡潔な主題性によって俳句を構成する登四郎の方法は、現象的にはもっと広範な問題と関連性をもっている。例えば、能村登四郎の俳句に関連してしばしば言及されるのが、俳句における「切れ」の有無である。

筑紫磐井氏は「現代俳句時評」（『俳句』二〇〇三年三月号掲載）の中で、能村登四郎の俳句を、「切れのない現代俳句」の一例として取り上げている。

> 能村登四郎は伝統俳句の中でも切れのない俳句が顕著であり、むしろ積極的に現代俳句は切れのない俳句から生まれると見ていた節がある。散文をそのまま取り込んで俳句が生まれる形式を自ら実践したのである。（中略）代表句とされるものの中に多くの切れのない句が存在している。実を言えば、切字を使っている句ですら切れのない句が多いのである。（103頁）

具体的には、筑紫氏は、登四郎の「切れのない」俳句として、次のような句を引用している。（上に引用した俳句と一部重複するが、そのまま引用する。）

くちびるを出て朝寒のこゑとなる
春ひとり槍投げて槍に歩み寄る
薄墨がひろがり寒の鯉うかぶ
夢の世と思ひてゐしが辛夷咲く
霜掃きし箒しばらくして倒る

なるほどこうしてみると、登四郎の句には、切れ字もあまりないし、そもそも明確な切れも見いだしがたいものがかなりある。しかし、ここでいう登四郎俳句の「散文性」とは、私がさきに論じたその「(物) 語性」と不可分な関連性をもっている。

作者の主題意識と俳句の「切れ」の有無とのあいだには、理論的には直接の関係はない。しかし現実には、しばしば「切れ」は、作者の内面的な主題意識を分断する傾向があり、それ故主題性を追求すればするほど俳句は切れを失い、いわゆる散文脈に近づく事がある。私のみるところ、登四郎の作品の少なくともその代表的な少数の句は、そうした内面の主題意識が散文性を要求した典型的な例である。

登四郎自身も、当初から彼の作句技法にひそむこの問題を意識していたらしい。例えば、後年登四郎が自身の『咀嚼音』について述べた文章の中で、この句集の俳句表現におけるいくつかの問題が言及されている。

『咀嚼音』を出した後、私を責めたものは、あまりに私小説的な興味を人間表現と誤っていたということであった。（中略）もう一つ残された問題は、韻文性に言葉を緊めていくという事だった。

（「伝統の流れの端に立って」）

これにつづけて登四郎は、『咀嚼音』での俳句への興味が「人間表現へ偏重していたため」に、「俳句がもっぱら事柄の表現に比重がかかって、俳句プロパーである韻文性を生かしきれなかった」と悔やんでいる。つまり要約すると、登四郎はここで、第一に『咀嚼音』における人間表現があまりに私小説的な興味に執しすぎている事、さらに第二に、その表現があまりに散文的にすぎる事、の二点について自戒していて、しかも両者のあいだに一定の関連性を感じているようである。どちらの論点もそれなりに重要であろうが、我々の文脈では、第二の問題が特に注目される。というのは、登四郎自身が、主題性に傾き概念的構成を優先しがちな自らの俳句的資質とその問題点に早くから気づいていたと思われるからである。むろん韻文性がそのまま「切れ」に等置されるべきではないだろうが、少なくとも、この時期の登四郎俳句における散文脈の存在が、そこで追求される「人間表現」の主題性と表裏の関係にあった（と登四郎が考えていた）事はたしかである。後年の完成期には、そうした表現的な傾向が一句一句の表現の概念性、観念性というよりはっきりした形であらわれてくる。つまり、登四郎自身が、当初からそうした「物語る」俳人としての自らの資質をはっきりと意識していた事が推測される。

俳句において「(物)語る」事は、なにも能村登四郎だけの文体的特徴ではなく、特に叙情的な資質の俳人にはしばしば見られるものである。しかし、登四郎はそうした自分の詩的な資質に同時に懐疑的であったようである。それ故、『枯野の沖』にいたる登四郎の試行錯誤は、一面で、そうした自らの物語的傾向を、俳句形式の中で徐々に韻文化していく自己彫刻の軌跡であったと言う事もできる。そうした明晰さにむけての自己彫刻が、次句集『民話』(一九七二年)における

白が青に染まるあたりの葱うつくし
耕しし力うべなひ深眠り
地の冷えをあつめ一樹の桜濃し
葱の青よりその黒土に見惚れをり
黒蘆の折れし穂先に水触れず

などの名吟として結実するのである。

6

ところで、私はさきに、能村登四郎は、戦後のいわゆる「伝統俳句」の成立に関与した俳人の一人でもあったと述べた。しかし、その登四郎の作品そのものにおいて、すでに述べたように、その俳句と方法が「伝統俳句」の範疇におさまりきらないものを抱えこんでいた事は明らかである。「伝統俳句」の特徴を、その対立概念である「前衛俳句」と対置して考えてみると、方法的には「(主題的な) 語り」よりも「(絵画的な) 描写」をつよく指向し、またその表現対象を形而上より形而下の事象に限定する傾向があるととりあえずは言いうるだろう。しかし、そのどちらの論点からみても、登四郎が単純に「伝統俳句」の側にいるとは言いきれない事がわかる。つまり、能村登四郎は、現代俳句における「伝統」と「前衛」の二分法が、単に恣意的なものでしかなく、個々の俳人の個性がそうした二分法を自然に越えていく事を示す一例である。

一見すると登四郎における簡明な俳句表現は人間探求派的な「内面」とは無縁であるかのように錯覚されるのだが、すでに述べたように事実はその反対である。総体としてみると能村登四郎の作品群はその明晰さの裏側に形なき種々の不安定さを抱えている。あるいは一見アポロン的な静謐さを湛えているように思えるその文体は、実はむしろディオニューソス的精神の存在を刻印している。登四郎における「草田男的なもの」のある重要な部分は、確かに俳句的現、在にのみ囚われてはいない。有季定型の中に「内面」という物語を胚胎していたという点で、確かにその明晰さは一つの背理を成している。つまりそれは俳句ならざるものをすでに予見している。

私はかつて、俳句にかぎらず一般に詩のフォルムというものは、それ自身一つの記号であって、そこにどのような意味を読みとるかは、我々の想像力にゆだねられていると語った事がある。それはつまり、ある一つの詩型は、その可能性においてのみ成立しているのであって、そこになにか予め定められた俳句の歴史的性格というものがあるわけではないという事である。しかし、俳句のそのような基本的性格は、あるいは理論的には理解しがたいかもしれないが、個々の作家の句業の実際の中に自明にあらわれてくるものである。見方をかえれば、私にとって、能村登四郎の俳句は、そうした事実を端的に示す一例であるにすぎない。

註

p138 †俳句史の中で「伝統俳句」という用語は繁用される。例えば、筑紫磐井氏は、「伝統」は時代時代で意味を変えていると述べた上で、俳句史における「伝統俳句」の使用法を次の三つに整理している。

(1)戦前は新興俳句に対する対概念として使用されていた

(2)戦後、虚子は花鳥諷詠を伝統俳句と呼び、中村草田男や大野林火らを伝統ならざるものとした（日本伝統俳句協会の「伝統」はこの意味）

(3)戦後のとりわけ一九七〇年代以降のいわゆる「伝統俳句」（草間時彦、能村登四郎ら馬酔木・鶴系の俳人らにおける「伝統」）

ここでは「伝統俳句」の語を主として(3)の意味で用いているが、これら三項の間にゆるやかな概念的連続性をも認める事は当然可能であろう。

主要参考文献一覧

『鑑賞現代俳句全集（第十一巻）』（立風書房　一九八一年）

倉橋羊村『私説現代俳人像（下巻）』（東京四季出版　一九九八年）

『能村登四郎読本』俳句研究別冊（富士見書房　一九九〇年）

『能村登四郎』俳句文庫（春陽堂書店　一九九二年）

筑紫磐井「能村登四郎論」（『現代俳句新世紀』上巻所収　ほくめい出版　二〇〇四年）

身体（性）というアノマリー——葛原妙子、正木ゆう子、阿部完市

他界より眺めてあらばしづかなる的となるべきゆふぐれの水　（『朱靈』葛原妙子）

春の月水の音して上りけり　（『静かな水』正木ゆう子）

1

身体ないし身体性という主題は、今日の文脈ではもはやありふれた批評用語であるにすぎないが、しかし現在その意味するところはむしろ錯綜しているといっていいだろう。何よりも、〈身体〉という現象を論じるならば、まずその概念規定を明確にする事からはじめなければならないはずである。しかし一方で、まさにそうした概念化に抗う事によって、〈身体〉という現象は成立しているという側面がある。正確にいえば、身体とは我々の思考の明証性から疎外されてしまうもの、我々自身の思考に対するいわば他者として感知されるはずのものである。だから、それについての厳密な思考は、実際にはきわめて複雑な手続きを必要とする。例えば、デカルトにとって、身体とは延長性であり、それはコギトの明証性から切り離されるべ

きもう一つの実体（substance）として論じられる。つまり、デカルトは身体を「思考において（明証的に）語られえないもの」として定義した（というより、むしろ疎外した）と言ってよいだろう。彼の二元論には（それに同意するか否かは別として）、身体という現象の本質がはっきりと刻印されている。それについて語る事が、同時に思考の明晰さを疎外し、それゆえいつもそれを語る事を中止せざるをえないもの――身体性とは、我々の思考におけるそのような特異な非定型性（アノマリー）そのものの事である。

換言すれば身体とは、（本書のこれまでの文脈でいえば）「明晰さ」「概念（性）」「意味」さらには「伝達（しやすさ）」といった種々の概念と対比されるべきものであり、それらの概念から疎外される一連の問題群の事である。それら種々の概念は総体として俳句という既知のフォルムと不可分であり、それゆえその歴史性を映す鏡である。逆に言えば身体とは、俳句型式にとってあくまで異質な多様性への衝動であり、その表層的歴史の外側にある何かを胚胎している。

しかし、そうした身体（性）という主題が、俳句ないし文学作品の中で問題になるのは、実はさほど頻繁な事ではない。個人的な感想からいえば、身体について語る事は、多くの場合単なる批評的意匠の領域を出ないものである。つまり、多くの身体論は、概念的には、語の本来の意味での身体性、疎外された可能性としての身体性とは、まるで無縁の視点から成立している。中途半端に概念化された身体論など、喩えて言えばいわば飼いならされた野生動物であり、それは本来の意味で〈身体〉を論じた事には決してならない。身体という問題をもっと厳密に考えるならば、むしろ、少なからぬ場合、身体について語る事は何ら意味をなさない事に気づくはずである。要するに、ある一つのテキストが何らかの意味で〈身体〉の問題に触れる事など極めて稀なのである。書き手が意識するとしないとにかかわらず、〈身体〉を論じる事の難しさは、しばしばこの点に由来している。

例えば、葛原妙子という特異な歌人の作品のもつ力も、その作品構成における明晰さとその独特の身体性との共存にあると思われる。前衛俳句と異なり、前衛短歌といわれるものが現代まで短歌のいわばオーソドキシとして生存しえてきたその原因は幾つかあるであろうが、その一つはあきらかにその作品の知的な明晰さにあっただろう。しかし、所謂前衛短歌の歌人たちの中で、葛原妙子だけが例外的に（上で定義した意味で）〈身体的〉でもあったといえる。塚本邦雄にしろ寺山修司にしろ、あるいは春日井建においてさえ、その文体の特徴は何よりもその明晰な構成性にあったのだが、同じ時代に類似の表現的実験を試みていながら、葛原の作品だけが他の歌人たちのそれとは奇妙に異なっている。そうした二つの位相は、実は葛原妙子のほとんどどの歌集の中にも観察されるのであるが、しかしその方法の鮮明さにおいて、『朱靈』（一九七〇）はやはり独特の存在である。

蝙蝠《かはほり》のごとく飛びつつとこしへに死ぬあたはざる苦痛者はみゆ

天使まざと鳥の羽搏きするなればふと腋臭のごときは漂ふ

事実としていえば、葛原はこの歌集によって迢空賞を受賞している。しかし、今からふりかえるともはやそうした受賞の事実の方がかすんでしまうほどに、この集は（とりわけその幾つかの代表歌は）、現代短歌を語る上でもはや逸する事のできない、まぎれもない古典の位置をしめている。しかし、これらの作品における葛原の視点は、それ自体はすでに開拓された前衛短歌の基本的方法の枠内にある。それに対して、同じく『朱靈』所収であるが、これらとはやや異質の一群の作品群がある。

晝しづかケーキの上の粉ざたう見えざるほどに吹かれつつをり
くさむらを刈りしが庭よりのぼりきて或影はふかく椅子に沈みぬ

あるいは、先行する歌集には、次のような作品も見える。

きつつきの木つつきし洞《ほら》の暗くなりこの世にし遂にわれは不在なり　（『飛行』）

同じ作者のこのように魅力的な作品群と比較しても、「ゆふぐれの水」の特異さはきわだっている。天使の体臭を感じ、バンパイア伝説の中に吸血鬼の苦痛をみてしまうときの葛原の発想は、まだしも前衛俳句の観念性において説明されうる類いのものである。（端的にいえば、それは我々の意識の明証性を一歩も出ていない。）しかし、「ゆふぐれの水」の他界性は、単にそれだけに止まらない。この作品の意識の中では、我々の思考は、ありうべきもう一つの視点、異質な幻視者の視線にまったくなりきってそれをみている。つまり読者は、常套的な「他界性」の観念が、この短歌において、一つの具象的な体験として身体化されている事、その事実の奇抜さに驚愕するのである。この表現の異質性、非定型性は、明確に概念において語られる類いのものではない。（後述するようにその異質性はその非概念的な性格ゆえに表現的にはメトニミーの構造として言語化される。）逆にいえば、そのようなアノマリーにおいて前衛短歌の実験的性格を変質させてしまったところにこそ、葛原妙子の作品の新しさがある。葛原妙子がいなければ、おそらく前衛短歌の運動はまったく異質のものとなっていたであろう。

現代俳句の歴史の中にも、そうした非定型的な表現性が現れなかったわけではないが、それは短歌のそれと比較すると、ずっと穏健な形で制度化されてきたといえる。要するに、俳句は本質的に概念によって書かれるものであるから、俳句において表現的な〈身体〉性が現れる事はきわめて稀なのである。（例えば、季語という制度が、俳句の中になんらかの身体的な体験を言語化する装置としてはたらいていると考えるのは明らかな誤謬である。季語は何よりも概念であって、それは体験を非身体化し、俳句表現に適合するように馴化する歴史的な概念装置である。）しかし、それでも俳句においてそのような身体性が問題となった事がまったくなかった訳ではない。私がこれから、正木ゆう子や阿部完市の作品を通じて見ていこうとするのは、そうした特異な身体性の問題であるが、それは同時に、彼らの俳句の奇妙な異質性を露にする事にもなるであろう。

2

正木ゆう子を前衛俳句と呼ぶとすれば、それはあるいは俳句史的な通念からいえば非常識なのかもしれないが、私には、正木は所謂前衛俳句からかなりの作品的ないし精神的な影響を受けていたと思われる。それは文体的な次元での（表面的な）影響ではなく、むしろもっと本質的な何かである。私は、歴史的な事実として成立した所謂「前衛俳句」と、一つの精神性（実験）としての前衛俳句とを区別して考えたいのだが、後者の意味での前衛性は、広く現代俳句全体のその良質な成果の中につねに認められるはずのものである。しかし逆にいえば、それはつねに隠蔽され、意識的に忘却されてしまっているという事もできる。だから、ある俳人が系譜上所謂伝統系であるかあるいは「前衛俳句」の系譜にあるかは、本来ほとんど意味をもたない。私の知るかぎり、俳句の短い歴史の中で前衛俳句というものはかつて一度も成立した事などなかったし、今でもそれはないに等しいのである。だから、正木ゆう子の場合も、そこに前衛俳句の精神的影響を見るという事に、何も歴史的な考証や文献的な裏付けが必要な訳ではない。同様に、阿部完市を仮に前衛俳句と定義する事が可能であるとしても、私は歴史的な事実としての所謂「前衛俳句」にはほとんど関心がない。私は従来いわれるところの「前衛俳句」にかならずしも肯定的ではないし、そうした歴史的な経緯にはむしろこだわらずに、いわば可能性としての前衛性という概念について語りたいのである。

私はさきに、正木や阿部の俳句を、身体（性）という非定型性とともに語ってみたいと書いた。しかし、正木ゆう子の場合に、そうした可能性がどのような形で現れているのか。一見すると、正木はそうした表現的な非定型性とはもっとも遠いところにいる俳人であるようにも思える。これまで正木は、すくなくとも発表された作品を見たかぎりでは、有季定型の枠をはずれた俳句をつくった事はないはずであるし、おそらくこれからもそうであろう。しかし、正木の俳句のうちある種の作品は、そうした伝統俳句の枠内においても、明晰さという方法へのいわば懐疑とともに成立しているという側面がある。私がここで、〈身体〉というややありふれた批評用語に言及する理由も、そうした可能性をみたいからである。

私が冒頭に葛原の短歌と正木の「春の月」の句をならべて引用したのも，同じ理由からである。例えば、葛原妙子において「ゆふぐれの水」という作品のもつ意味が決定的に重要であるように、正木ゆう子においても、「春の月」の句は独特の意味をもっているはずである。私はここで、その事について語りたい。言い換えると、私は（他の多くの俳人についてもそうであるように）作者としての正木ゆう子そのものに関心がある訳ではなく、むしろこの一句を中心としてそこから派生する問題としてその作品群を考えてみたいのである。

いつの生《よ》か鯨でありし寂しかりし　（『水晶体』一九八六）
なかぞらに漲るものを月渡る　（『悠 HA RU KA』一九九四）
かの鷹に風と名づけて飼ひ殺す　（同）
朧夜のこの木に遠き祖先あり　（同）
木をのぼる水こそ清し夏の月　（『静かな水』二〇〇二）
春の月水の音して上りけり　（同）

第一句集である『水晶体』から『静かな水』まで、正木ゆう子の方法論の基本には、ある種の平明さ、明晰さがあるといってよいだろう。三冊の句集から引用してみると、若書きの成功作も幾つかまじっているが、その事自体もこの作者の良質な抒情性を示す一つの特徴である。しかし、今その俳句を全体としてながめてみると、やはり『静かな水』のとりわけ水をめぐる幾つかの作品が特に際だって印象にのこる。私は、『水晶体』における例えば「雪の速さで降りてゆくエレベーター」や「息触れて初夢ふたつ響きあふ」のような、いわば技巧と成熟性を拒否するようにして書かれた佳句には、今あまり興味をひかれない。これらを私は好ましく読むけれど、しかしそれだけであるスタイルの誕生を語る事はないだろう。これらの句は、実際には現代俳句の中でそれほど例外的なものではなく、むしろ私にはある種の常套的な表現技法であるように見える。それらは、技巧的でないように見えて、実はさまざまな意味で技巧の句であるといってもいいだろう。しかし、「春の月」の場合、その表現の性格は、他の句のそれとはかなり異なっている。技巧であるとすれば、それは作者が意図して作った技巧性ではない。先の論点にそっていえば、作者の身体性がここではじめて露になった句であるともいえる。対照的に、「水の地球すこしはなれて春の月」は巻頭におかれているが、私はこの句をあまり評価しない。技巧がはっきり見えすぎている事と、そのわりに着想が意外と常套的であるからである。

しかし、「春の月」の句は、そうした常套的な手法、着想によって書かれたという印象をあたえない。この句の成功の理由は、むろん「水の音して」という中句の効果によるものであるが、それにしてもこの不思議な表現は、明らかに正木ゆう子のそれまでの基本的な方法性の枠外にある。ここで「春の月」が描かれるとき、それを見ている（あるいは聞いている）作者を感じさせない。だから、この句は、本質的に、概念によって書かれた句ではないだろう。それに対して、「水の地球」では、作者の視点やその概念化の痕跡がはっきりと感じられて、その概念操作を受容する事だけで読解が終了してしまう。要するに、ちょうど葛原妙子において「ゆふぐれの水」が彼女の方法を鮮明に刻印する記念碑的な作品であったように、正木ゆう子も、「春の月」において、同様の表現的な非定型性を表出しているといえるだろう。そして、この句の俳句表現の非定型性においてはじめて、正木ゆう子は同時代の他の俳人とは異なる独自の表現性を確立したように感じられる。それは、正木ゆう子が、単なる流行作家ではなく、明確な一つのテキストとなったという事である。つまりは、正木ゆう子は、この句集においてはじめて文体（スタイル）になったという言い方もできるかもしれない。

しかし、それは実際にはまだはじまったばかりであるし、現実には『静かな水』のテキストにおいても、さまざまなレベルの表現性が混在している。例えば、次のような句はどうか。

月のまはり真空にして月見草　（『静かな水』）
地下鉄にかすかな峠ありて夏至　（同）
いま遠き星の爆発しづり雪　（同）

これらの句の表現構造は、「水の地球」のそれとはさほど本質的に変わらない。例えば、「月のまはり」が真空であるというイメージは新鮮なようでいて、ある種の常套性を感じさせる。

夏の暮楕円を閉づるごとくなり　（同）
しづかなる水は沈みて夏の暮　（同）

相対的にこれらの作品は、それぞれその次元は異なるにしろ、「春の月」と同様の非定型性、身体性をそれぞれ露にしている。「楕円を閉づる」という喩えの飛躍も「（水は）沈みて」という意外な把握も、そうした身体性においてはじめて可能になる表現であろう。

こうして見ると、『静かな水』の構成は、それ自体正木ゆう子の現在をそのまま象徴しているといってよいだろう。巻頭と巻末におかれた二つの句が、それぞれその表現の形態（着想）においてきわめて対照的であるのみならず、まるでその二つが句集全体を通じてせめぎあっているかのような印象を受ける。『静かな水』という句集それ自体が、概念性と身体性の織りなす微妙なタペストリである。あるいは、その振幅にこそ正木ゆう子の現在があるともいえようか。

しかし、この句集において身体という現象を何よりも明瞭に意識させるのは、例えば最後の句にあるように、さまざまな「水」の象徴である。つまり、この句集は、「身体（性）としての水」という一貫した視点によって書かれた句集であると言う事も可能であろう。

3

現象としてみれば、身体は他のさまざまな現象世界の事柄と密接に結びついている。身体性とは概念によっては把握しきれないとは言うものの、しかしそれでも、身体に関する幾つかの思考実験をおこなう事はできるし、実際それらはきわめて有用である。そのための手がかりは、実は無数にある。

例えば、我々の身体を一つの目的論的な枠組みで把握する事がとりあえずは可能である。つまり、身体という複合的現象が成立しているのは、我々がこの複合体をさまざまな目的性とともに意識しているからである。例えば何かを見るという事で我々の目が定義され、我々の歩行によって脚が、何かをつかむ事について我々の手が定義される。我々の身体は、そうした目的論的構図によってさまざまに特徴づけられるシステムの総称として、まずは一つの複合体と考えられるだろう。我々の意識の潜在性の中から、なぜ「手」という特殊な現象が分節化してくるのか。(例えば、「手」という概念をまだ知らない乳幼児の視点にたって考えてみよう。)答えは、つかむ、拾う、叩く、タイプする、つまむ、といった日常的な動作が相互につねに関連する現象として我々に意識され、そうした目的性を通じてそれらの道具としての「手」が我々の視界に入ってくるからである。「手」は道具としてさまざまな目的性とつねに連動しているし、それゆえ我々の身体性の一部として意識される。

　ところが同時に、日常的に、我々は身体というものをそれ以上の何かとして見ている。見るという動作の中から、「目」といういわば「器官」を分離し、歩行から脚という機械を想像する事は、それぞれの動作の具体性よりももう一段特殊な抽象化を必要とするはずである。そうした抽象化がなぜ可能かを考えてみるゆとりはここではないが、しかし我々がそうした抽象化をおこなう際、この第二の意味での「身体性」は、我々の動作の空間性を基盤として表象されてくる事に注意すべきだろう。それは、実は身体そのものを見るというより、鏡の中に映しだされた一つの像としてそれを再発見し再定義する事に他ならない。「身体」という本来は目的論的な複合性を、我々は空間の中のイメージ群として再定義して理解している事になる。

葛原妙子や正木ゆう子において、さまざまな形で主題化されているその身体性とは、そうした空間性に還元される以前の、非定型性としての身体そのものであるといってよいだろう。その事実は、端的にいえば、「水」という象徴によってすでに暗示されている。我々は水にのどをうるおし、それにさわり、それに手を浸す。そうした一連の身体感覚の中で、水は、原始的鏡像性に写しとられる以前の身体といういわば複合体をそのまま露にしている。葛原妙子や正木ゆう子の作品の中で、水という表象は、それぞれの仕方で、そうした身体性そのものとして現れている。葛原妙子の場合には、それは視線の先にあるものとして現出しており、それゆえその身体性は何よりもその視線の異質さとして特徴づけられるだろう。一方で、正木ゆう子の俳句では、むしろ水の物質性、その身体的感覚そのものが主題であり、そこでは、「水」は、意識の明晰さを疎外する身体という非定型性の、いわばメトニミー（換喩）としてしばしば機能している。水に映る月は一つの明晰なイメージであるが、それが音として把握されたときに、概念においては語りえないいわば異質な感覚そのものとして象徴化される。それは、むろん作者がそう意識してつくった訳ではないだろうが、いわば明鏡止水の心象として理解する事も可能である。

4

高々百年余りしかない近代俳句の歴史の中で、俳句の基本的性格はいまだ明確に定まっていないといってよいだろうが、しかしそれでもこれまでの俳句を特徴づける幾つかの文体的傾向を挙げる事はできる。大きな流れとして考えれば、俳句は概念詩として成立し、また今も概念によって書かれているといってよい。例えば高柳重信などの数少ない例外もあるにはあるが、戦前戦後を通じて俳句の文体を特徴づけるものは、基本的には、概念という詩的方法のもつある種の明快さにある。俳句は短いから、その韻律の音楽性に端的に依存する事もできないし、また多行形式という一時期の実験を別とすれば、テキストの視覚的な構成に頼る事も比較的少ない。短さによって語られうる事は少ないから、その短さの中で何かを読者に刻印するためには、概念の持つ普遍性を方法的に利用する必要がどうしてもあったのである。有季ないし歳時記という装置の持つ歴史的な意味も、その点にある。季語とはほとんど概念そのものであるから、だれでも、有季定型の公準を守っていれば、作句において、俳句形式の短さがもつ詩的な効果を、意識せずとも利用する事ができる事になる。その事の是非はともかく、そうした概念性が、抒情詩としての俳句の表現的な特徴の一つである事はまぎれもない。しかし、それでも敢えて俳句の表現をそうした伝統的な手法とは別の方向に開拓してきた俳人達もまったくいない訳ではなかった。

私の印象では、正木ゆう子は、本質的に、概念によってではなく、身体性によって書く俳人である。だから、正木ゆう子の俳句の中で、季語のもたらす概念性が、つねになんらかの異質さとして存在している事は、さほど不思議ではない。

しかし、正木ゆう子以前に、そうした異質の表現をより意識的に、また鮮明に実験していた俳人がいたはずである。むろん、それは阿部完市の事に他ならない。

5

私が阿部完市を身体性という観点から考える事になった契機は、実は阿部完市の俳句そのものではない。というより、正確にはその俳句のテキストそのものではなかったと言うべきであろう。

Ⅱにおいて後述するように、阿部完市はしばしば自身の代表句を朗読している。阿部完市の朗読を聞いていて今でも印象にのこっているのは、完市の俳句のある種の明快さと、同時に別の意味でのわかりにくさ、その独特の伝わりにくさである。

例えばこれも後述するように、二〇〇七年世界俳句協会の東京大会の朗読会で、バス（Prabal K Basu）は次のような俳句を朗読している。

彼らは信じる／彼らは信じない／彼らは信じる

They believe ／ They don't believe ／ They believe

日本語俳句の典型的な構造に比べるとこの句はさまざまな点で異質であるが、ここではとくにこの句が、具体的な描写にまったくよらず、ストレートに概念のみを伝達しようとしている事に注意するべきである。世界俳句という文脈でそのような表現が可能になるのは、なぜだろうか。逆にいえば、日本という文脈ではなぜそれがしばしば不自然（非定型的）な表現であると思われる傾向があるのか。伝達のしやすさ（解釈の可能性）とは、同時に一つの隠蔽である。相手も同じ意味を理解しているという前提には、（自分も相手も）そのように理解しなければならないという暗黙の強制がどこかに潜んでいる。俳句とは、そのような一つの制度なのである。そして逆にいえば、そのような前提が成立しないような状況では、概念という明晰さがより明瞭に俳句の表現に優位に現れる場合がしばしばある。世界俳句／国際俳句の特徴の一つは、そのような明晰さにある。そして同時に、一方でそれゆえに、それとは対照的に言語の物質性を強調する表現もまた可能となる。私が阿部完市の朗読に接したのは、そのような文脈においてである。阿部完市の文体は、まるで謡うように自然に流れ出る俳句であり、我々のここでの文脈に即していえば、やはり身体性といってもいい類いのものだろう。

しかし、私がそのとき同時に考えていたのは、次の問題である。阿部完市の句の魅力を、例えば日本語を解しない海外からのゲストにどう説明したらいいのか。バスの俳句の概念性と対比して明確なのは、阿部の句の伝わりにくさであり、さきに定義した意味での非定型性である。そして、その特異な非定型性が、朗読という現場において不思議と印象にのこってしまう事も事実なのである。

歴史的に「前衛俳句」と言われた俳句のスタイルは、俳句表現の長期的展望の上では、どのように解釈されるべきだろうか。そこに意味性をもとめ、概念の枠組みを読みとる事にどれほど意義があるか。前衛俳句とは、まさに俳句の意味性、概念性との対立であったといえる面がたしかにある。例えば、阿部完市という俳句のテキストの中に、意味や概念の軛をもとめるのは明らかに的外れである。そういった類いの評論はこれまで幾つかあるが、私はそれらが阿部完市の本質を捉えているとはまったく思わない。反対に、俳句の意味性に関する懐疑、無意味という事そのものの中に、阿部俳句の実験性の本質を見るべきなのである。

例えば、すでに引用したように阿部完市は「「今まで」でない「今」」「真実の「今」」が自作の主題であると述べている（飯島晴子）。むろんしかし、真実の「今」をみたいのならば、そういう「今」は過去や未来と密接にかかわる形で成立しているはずである。だから、阿部完市がここで追求している「今」とは、そもそもが観念としての「今」であり、我々が実際に体験する「今」ではない。換言すれば、当時の（そしておそらく後年も）阿部は、純粋な〈身体〉

としての「今」（思考の非定型性）を追求しようとして苦闘していたと言ってよいだろう。そして当然そうした試みは、さきに私が冒頭で述べた身体論のアポリアと無関係ではいられない。多くの阿部の俳句では、このようにたとえ何らかの意味によって句作が開始されたとしてもそれがいつの間にか身体化され韻律化されてしまうという明確な傾向が観察される。

阿部完市の場合、彼の意味性からの逸脱、あるいは概念性への懐疑は、ここでいう「今」をめぐる思索と密接に関連しているといってよいだろう。阿部完市がいう「真実の今」を見る事は、むろんできないはずではあるが、しかし、そうした（思考の）非定型性への衝動なしには、阿部完市の作品はそもそも成立する事がなかったであろう。しかも、そうした衝動によって特徴づけられる阿部の韻律は、同時に奇妙に魅力的である。

木にのぼりあざやかあざやかアフリカなど　（『にもつは絵馬』一九七四）

ア音の明快なくりかえしが印象的なこの句も、阿部完市の非定型性を存分に発揮した作品の一つである。この作品については、韻律上、幾つかの具体的な特徴をあげる事ができる。その基本骨格は、私の印象では、次のようなものである。

（木にのぼり）（あざやか）（あざやか）（アフリカ）（な　ど）

まず、中八において「あざやか」というア音のみの副詞が二回くりかえされ、これがこの句の音律の基調を構成している。そしてその直後におかれた「アフリカ」は、音韻的にはこの「あざやか」の中二音のみを入れかえたもので、依然としてそのリフレインの延長上にある。その後の「など」は、音としてみれば、中八のア音の明快なリフレインを引き受けながら、しかし次の「アフリカ」における変調をさらに発展させて、この二音のみで句全体をまとめている。音韻の面で意外に重要なのが、この最後の「など」である。例えば、この結句が「アフリカは」「アフリカや」などとなっていたら、この句は俳句として成立していない。その効果は歴然としているが、しかし一方で、意味的には、この結句を導出する事はほぼ不可能であろう。あえて「アフリカなど」と字余りにして音韻上の効果を引き立たせるあたり、まさに阿部完市の韻律の真骨頂ともいえる。

読者としては、阿部完市の韻律感覚に便乗して、これを多行形式に書きなおす言葉あそびに興じる事すらできる。

木にのぼり

あざやか

あざやか

あふりか

など

この句は、おそらく阿部完市の代表作の一つといってよいであろうが、その構造は上述したように意外なほど複雑なものである。要するに、この俳句のごく短いテキストの中で、阿部完市の意味（概念）と身体性（音韻）とが複雑に交錯しているといえるのである。あるいは、「木にのぼる」という概念によってはじまった思考が、一つの具体的な運動感覚として韻律化されているといってもいいだろう。

阿部完市の作品を全体として見ると、意味という現象への懐疑、あるいは〈身体〉としての「今」という主題が、その句業を大きく特徴づける主調となっている事に気づく。むろんその作品を個別に見ていくと、そうした基本モチーフにおさまりきらないさまざまな実験性を発見する事が可能である。だから、私の論も、結局は阿部完市の多様な俳句世界のごく一面をとりだしてみせたにすぎないともいえるだろう。しかし、そうした非定型的な〈身体〉性の表出は、阿部以外の他の作家にはみられない独特の主題である。すくなくとも総体的に見ると、それは阿部完市が阿部完市である事を決定づける重要な特徴であるといえるだろう。

兵士眠る街中に鳥棲む時間　（『絵本の空』一九六九）
とんぼ連れて味方あつまる山の国　（同）
身体消して歌の月夜にまぎれこむ　（同）
絵本もやしてどんどんこちら明るくする　（同）

第一句から順に、敢えて傾向の違う俳句を選んで並べてみた。ヒッチコックの映画を連想させる第一句は、阿部の俳句の中で比較的意味解釈の容易なものである。反対に、第四句ははっきりと無意味そのものを主題としているのが見てとれる。こうして比較するとその違いは歴然としていて、意味性に傾いたときの阿部完市の俳句は、その独特の身体性によって書かれた句と比較すると、明らかに生彩を欠いているように感じられる。要するに、第四句の方がはるかに個性的で面白いのである。（この句集そのもののタイトルも、あるいはこの句からとられているのであろう。）「どんどんこちら（明るくする）」という中七（下六）に、なんら具体的な意味が付与されているわけではない。むしろ、無意味である事によって、その音韻的効果がより強調されているようにも感じられる。例えば、この下二句の母音構成に注目してみると、

どんどんこちらあかるくする
o(n)o(n)-o-i-a-a-u-u-u-u

という構成となっている。むろん意識してではないであろうが、o、a、uなどの同一の母音のくりかえしが強調される構造となっている。実際に音読してみると、これらの母音の連鎖とともに、まるで流れるように口唇が動いていくのを感じる事ができるであろう。また同時に、「どんどん」というオノマトペと同音の語句を使用している事も、この音韻の効果をさらに高めている。要するに、概念という俳句の基本的方法を懐疑し、それを音韻的、身体的に解体し

てみせるときに、阿部完市はもっともその本領を発揮するのである。
　阿部完市といえば、同時代の前衛俳句の影響がやや感じられる句が好んでとりあげられた時期もあったようであるが、私は、この手の句をあまり評価していない。むしろ阿部完市はもと もと、時代の空気を吸ってそれに応えるよりも、自己の資質と向き合い、自分の課題を真摯に解いていくときに本領を発揮するタイプの俳人であるように思える。言い換えると、阿部完市は、当時の前衛俳句や社会性の喧噪のさなかにいながら、同時に時代を越えた普遍性を思考していたという事である。

6

　私はさきに、歴史的な事実として成立した「前衛俳句」と、俳句の前衛という精神性（実験性）そのものとを区別して考えたいと述べた。つまり、ある詩型ないしジャンルを、すでに書かれたもの（既知）としてではなく、これから書かれるべきもの（未知）として捉える、そういう精神性そのものがその時代時代の前衛（アヴァンギャルド）となるといった方がよいだろう。言い換えると、私が葛原妙子や阿部完市の中に見たものの本質的な部分は、例えば正木ゆう子や飯田龍太あるいは鷹羽狩行の作品の中にも同様に見いだす事ができるのである。俳句の本質を俳句そのものを越えていく運動性として捉えてみると、俳句とはまさにそのままアヴァンギャルドであり、またつねにそうであったともいいえるであろう。しかし、それならばもはや「前衛」という古めかしい言葉にこだわる必要もない。それどころか、個々の作品を読むにあたって、そうしたレッテルはむしろ障壁にしかならないはずである。はたして、俳句が俳句を越えていく運動性は（つまり俳句の俳句性そのものは）、現在どのように定義されうるのか。私は、身体（性）という俳句表現の非定型性とともにそのさまざまな側面を考察してきたのだが、そこでそのすべての問題について語りつくしたとはむろん考えていない。むしろその反対に、そうした概念操作においては語りつくせない現象の豊かさそのものに、俳句という精神性の本質があるだろう。身体（性）という主題は、そうした問題を考える一つの契機にすぎなかったという事である。

終わらない日常のための終わらない俳句——俳句甲子園の行方と俳句の終わり

1

穂村弘によれば、表現にはシンパシー（共感）とワンダー（驚き）という二つの次元がある。平たくいえば、ああそういうのあるよねえ、そうそうわかるわかる（シンパシー）という共感を誘う表現（の次元）と、わーそういう物の見方もあるんだあ（ワンダー）と驚かせてくれる表現（の次元）があるという事である。そして彼によれば、現代は明らかにシンパシーが優勢な時代である。見た事がないものや聞いた事がないものは、もはや人々の関心を引かない。むしろ、自分と同じもの、同じ事を感じるだれかを求め、そのだれかと生活を共有する事に価値を置くのが、共感優位の現代である。

俳句に関していえば、この種の共感主義は、吟行句会という場で最も典型的に観察される。多くの場合、吟行会は決して他の参加者を驚かせる場ではない。むしろ、ああそういうのあったよねえと共感しあい、種々の挨拶を交わしあう場である。

一九九〇年代のニューウェーブ短歌から現在の口語性俳句まで様々なジャンルに散見される

共感主義は、社会学的にみれば、終わらない日常（宮台真司）を生き抜くための知恵であるのかもしれない。おそらくちょうどこの頃から、日常は決して終わらず、その外側に出る事もできないという特殊な感覚が様々なジャンルで顕著に出現しはじめた。時事的には、オウム真理教の事件が起きたのもこの時期である。阪神淡路大震災から東日本大震災まで、二つのカタストロフの意味するものは、実はそのようなカタストロフをも平板な挨拶のネタにしてしまいかねない、ガンコな持続と終わらなさの時代の到来である。日常は、終わらない。しかし、終わらない日常はキツイから、それをある種のユーモアと連帯によって生き抜こうというのである。（後述するように、それは新しい「社会性」の問題でもある。）

むろん、終わらない日常など、実際にはありはしない。その外側を生きる事も、実は思いのほか簡単である。にもかかわらず、日本という制度の中に生きる限り、日常は決して終わらない永遠としてそこにある。それ故、その内部では、連帯もユーモアも乾いた挨拶の交換も、執拗に永久に繰り返される。「俳句」という現象は、ある意味でこの終わらない永遠と共存する何かである。

2

しかし、シンパシーという方法は俳句の日常的活動の中で遥か以前から実践されてきたものであろう。というよりむしろ、俳句では、シンパシーに依存しない表現の方が例外的ではないか。山本健吉の純粋俳句論にしろ、草田男の第三存在にしろ、あるいは芭蕉の蕉風に至るまで、その背後には俳句表現の中に何とかしてワンダーを求めようとする心情が働いている。そしてそれ故に、それらの試行錯誤はつねに時代の少数派に止まらざるをえない。

現代俳句における俳句甲子園のインパクトは広く大きく、その意義も多岐にわたるのだろうが、一つにはそれが、種々のワンダーを可能にする場であるという事にある。甲子園は、世代的にも（現役の俳人世代ではなく高校生が俳句の優劣を競う）空間的にも（最終日の出場校は大ホールのステージ上で試合をする）、日常的な共同体を離れた表現の場である。「俳句」そのものが終わらない永遠であったとしても、彼らにとっての俳句甲子園は確実に終わる。そして、大多数の出場者はその後俳句を離れ、俳句に戻ってくる事はない。終わらない日常を生きている終わらない俳句の作り手たち（専門俳人）にとって、終わりを意識せざるをえない彼ら高校生の活動は新鮮なものであるに違いない。私は、彼らが俳句を捨てて、以後決してそれを顧みない事を願っている。その先に待っているのが、別の永遠であるかもしれないにしても、である。

むろん個別の作品のレベルで見る限り、終わらない日常は、彼らの一見自由奔放に見える俳句にも姿を見せている。スタイルの面から見れば、俳句甲子園の一つの明らかな特色は、頻繁に現れるその口語表現にある。そして口語的な表現は、一見きわめて同時代的で刹那的であるように見えながら、まさにそのために、終わらない永遠を映し出している。当然の事ながら、彼らもまた今の日常を生きているのである。

そもそも口語表現とは、正確にはどのような表現の事を言うのか。第十七回大会では、次のような句が目についた。

お前らが写せと素っ裸で笑ふ　（愛光高校　武井雅司）

この句が面白いのは客観描写や象徴などという方法を採らず、人と人との関係そのものを発話という形でダイレクトに句にしている点である。おそらく従来の俳句では意識的に避けられてきた種類の表現であるが、ここでは話者と聞き手の間にある種の状況が共有されており（その状況がフィクションである場合も当然あるだろう）、しかもその状況下で成立する彼らの発話そのものが一句の焦点となっている。私がここで「口語」表現と呼ぶのは、このような表現の事である。

この種の「口語性」の追求は、話者（と聞き手）自体が表現の対象に含まれる点で、九〇年代に一世を風靡したニューウェーブ短歌の手法と似ている。「口語」表現（ないし「会話体」と呼んでもいいかもしれない）の開拓については、現代短歌の文体は現代俳句のそれに明らかに先行している。穂村弘や俵万智、加藤治郎、荻原裕幸といった名前がすぐに思い浮かぶのだが、通常彼らの作品は「口語体」という文体の（つまり言葉の上での）問題として論じられる事が多い。しかし、実はそれは物語論（ナラトロジー）的な転換（表現構造の転換）を含意している。典型的な客観描写においては、俳句の話者（発話者）は自身の発話の枠外にあるか、少なくとも描写されるその場面には登場しない。虚子が「流れ行く大根の葉の早さかな」とつぶやくとき、そのつぶやいている虚子が大根の葉とともに読者の視界に入ってくる事は注意深く避けられている。（むろん文法上、詠嘆の発話者としての虚子を意識することは可能だが、この句の本質はそのような詠嘆やつぶやきにはない。つまりこの句は単なる発話行為として読まれるべきではない。）葉の流れの早さに焦点をあてるためには、つぶやく虚子が目に入ってしまってはいけないのである。しかしこれに対して、いわゆる口語体の現代短歌では、そのような話者がむしろ積極的に一首の中に参入し、のみならずそこで演じられる劇において何らかの役割を担う。

もうゆりの花びんをもとにもどしてるあんな表情を見せたくせに　加藤治郎

ガールフレンドの「あんな表情」を思い出しつつ、その変化に戸惑っている主体の表情や心理の屈折がはっきりと見えてこなければ、この歌は成立しない。そしてより重要なのは、このような主体のつぶやきを聞いている聞き手（読者と言ってもよい）の側も、知らず知らずのうちに、発話主体と同じ空間に巻き込まれているという事実である。加藤治郎の聞き手は、もはや大根の葉の流れに意識を集中させる事はできない。否応なく「あんな表情」を見る登場人物となって、そこでのやりとりを聞かされてしまう。いわゆる「口語」表現は、そのような日常空間を仮構し、そこでの共犯関係を容易に作り出してしまう。

むろんこのような劇性の導入は、現代の口語短歌以前にも頻用されていた手法ではある。しかし、これらの歌人たちがある時期から堰を切って口語を導入しはじめたときに、口語表現のもつ共時的な性格が、このような話者と聞き手の存在を浮き彫りにしてしまったのである。

ナラトロジカルなレベルで話者（と聞き手）が登場し、両者の共犯関係が成立するとともに、心理的には、そのように状況がわかりやすく共有される事によって、シンパシーが醸成されやすくなる。寝室に参入して「あんな表情」を見てしまっている聞き手は、ああなるほどわかるわかる、そうだよねえと言いたい（思いたい）聞き手でもある。ニューウェーブ短歌の方法は、一面では、終わらない日常を生きる彼らが編み出した、心理的なトリックなのである。

いわゆるニューウェーブについては、そこで使用される言葉が口語かどうかという点に注意が向きがちであるが、より重要なのは、その背景にある社会状況の変化であり、それに対応した話者と聞き手との共犯関係の成立である。それは実は、スタイルの問題ではなく、現代的な意味での「社会性」の問題に他ならない。

3

神野紗希の俳句に、ここで言うところの「口語性」が目立つ事はすでに指摘されている。言うまでもなくそれは、彼女の出自（俳句甲子園経験者）とも無関係ではないだろう。

コンビニのおでんが好きで星きれい　神野紗希

うちにおいでよ汗くさくてもいいよ　（同）

前者は『光まみれの蜂』に収録されたもの、後者は松山での句会で私が見たものである。ここでも同じように、会話体が巧みに俳句の中に取り込まれている。後者は、先の加藤の歌とはやや別の意味で、エロス的な作品であろう。加藤の歌が男性的な（より正確には男性を模した）視点からのエロティシズムであるとすれば、神野の句はより女性的な意匠をまとっていると言えるかもしれない。そしてより重要なのは、これらの俳句が読者の共感を誘うその方法である。これら二句は、いずれも話者が聞き手に対して直接話しかけるというスタイルをとっている。読者は、加藤の歌の聞き手よりもさらに直接的な聞き手となって会話を聞き、話し、しかも場合によっては行動してしまう。おそらくシンパシーの方法として、これほど直接的な方法はない。場合によっては、それは非常に効果的に聞き手に働きかけるだろう。

終わらない日常を積極的に肯定し、そこで起きる一つ一つのドラマを掬い上げるために、彼女は口語表現を自然にしかも積極的に活用する。そのスタイルは、先に挙げた高校生の俳句よりはるかに意識的であるが、「私」が「あなた」の共感を求め、それによって知らず知らずのうちに何らかの共犯関係が成立してしまうという表現構造は、本質的に同じである。

実を言うと、ある意味で、神野紗希や高校生たちが作る口語性俳句は、現代俳人たちの作品からそれほど異質なものではない。もともと現代俳人の多くは、彼らのそれぞれの日常生活(広い意味での)に取材して俳句を作っているように私には感じられる。だとすれば、そこに登場する「私」や「あなた」の会話が俳句の中に現れない事の方が、私には不思議である。その点では、高校生たちの口語的な書き方そのものに、なんら非凡な点がある訳ではない。むしろ、素直なのである。いわゆる「口語性」は、俳句の現在にとって当然の帰結であろう。

4

むろん、「口語」俳句が俳句甲子園のマジョリティーを占めている訳ではないし、主題的に見ても、現代的な人間関係の劇に焦点をあてたものはさほど多くはない。そして、実をいうと、私がもっと興味をひかれるのは、そのような「社会性」のない俳句である。なぜなら、口語の時代を彩る「社会性」とそのシンパシーの構造から自由である事によって、はじめて別種の様々な社会性が視野に入ってくるからである。社会性は現在の生活だけにあるのでなく、過去や未来や理想やそして遥かな外国にもある。ありていに言ってしまえば、それは他者の問題である。

たとえば、次のような句はどうか。

生きている化石の呼吸夏霞　（青森県立弘前高校　白戸真裕子）
星に触れたか飛魚の翅の傷　（岩手県立水沢高校　伊藤萌）
溶岩の余熱のごとき大蛾生る　（愛媛県立松山東高校　石丸響子）
流星は象の余生のしづかさへ　（愛媛県立松山東高校　森優希乃）
生まれし日の記憶どこにもなく泳ぐ　（開成高校　永山智）

生きているはずのない化石の呼吸に耳をすませ、覚えているはずもない生誕時の記憶をたぐりよせるのは、それぞれの作者の意識がたえず終わらない永遠の外側に逃れようとしているからであり、今現在眼前にある光景にだけ囚われてはいないからである。

私は現代短歌の口語表現につねに関心をもっており、その表現的達成やその生き生きとした現代性に驚嘆するが、それと同時にそこにある種の閉鎖性や息苦しさを感じてしまう。そして、この二つの事実は決して無関係ではない。一つの傾向として言えば、口語会話体は共時的な表現に傾かざるをえないので、書き手と読み手の間で種々の状況が大きく共有されている事を前提としている。あるいは、逆にいえば、そのような共感的な社会環境にあるときに、会話体が直接的に作品の中に現れやすくなると言った方がいいかもしれない。それ故、それは単に日常生活が永遠に続くというだけではなく、日常以外には何ものもないかのような錯覚をもたらしてしまう。要するに、この手の「口語」表現はあまりに日常生活と近すぎるために、日常性以外の様々な可能性を言葉にする事を難しくしてしまうのである。（そういう事情を考えると私は、俳句甲子園の他に俳句オリンピックのようなものができないか、と夢想してしまう。）この点でも実は、穂村弘の短歌は、種々の冒険を仕掛けている。

いさなとり海にお舟を浮かばせて行ってみたいな僕の国まで　穂村弘（『世界中が夕焼け』）

たとえばこの歌は、日本の外側（アメリカ）を意識的に作品の中に取り込んでいる。むろん依然としてその背景にあるのは、話し手と聞き手が共有する終わらない日常の徒労感ではあろうが。

少なくとも好意的に解釈すれば、口語短歌は、一九六〇年代に短歌や現代詩、演劇などで盛んに議論されたアクションポエムの現代的な実践であると考える事もできる。たとえば、「状況」における「共犯関係」とは、まさにアクションポエムの一つの定義に他ならない。つまり、会話という方法を採用する事で、口語短歌はアクションポエムの実践に一つの新しい展開をもたらしたと言えなくもない。ああそうだね、わかるわかると共感する聞き手の存在は、単なるスタイルの問題として片づけられるものではない。アクションポエムが目指したのとはやや別の意味で、口語短歌（そして口語俳句）もまた一つの「社会性」を追求している。

しかし、実は両者は似て非なるものである。アクションポエムが状況に働きかけ、日常に関与していくのは、その現実に新しい意味を与えるためである。ところが口語短歌・口語俳句の多くは、はじめから終わらない永遠を深く抱え込んでしまっている。はじめからわかりあう事を目指して書かれたその表現は、一面で驚くほど平板で退屈である。そこには、しばしば形骸化された社会性だけがある。

*

自分は何かを知っている、ないし知り得ているという誤解はどこから来るのか。この質問に対する答えは状況によるであろうが、少なくともそのような誤解（ないし過信）は、先に述べた（現代的な意味での）「社会性」の問題や、話者と聞き手との共犯関係とどこかで関連しているように感じられる。そこには、意味を疑う精神が観察されない。

終わらない日常を終わらせる事は、実はさほど難しい事ではない。要するに、一度終わりを経験すればいい。終わらないものへの信仰は、実は終わりを知らない事から来る錯覚にすぎない。実際には、俳句は確実に終わるのである。俳句甲子園は、そのような終わりの重要な体験になるだろう。私がはじめに、決して俳句を顧みるな、と書いたのは、そういう意味である。

終わりを体験した世代の俳句は、終わりを知らない世代のそれとは、どこかで異なるものにならざるをえない。

5

ところで、先に無造作に「劇」と書いたが、劇には大きく分けて少なくとも二種類ある。聴衆の感情移入を目指して（またそれに依存して）作られるものと、逆にむしろ感情移入を拒否するものである。前者を狭義の「劇 drama」と呼ぶとすれば、後者はブレヒト的な叙事劇に近いと言っていいだろう。狭義の「劇」は、時と状況によってはある種の暴力に利用される危険がある。ブレヒトがそれに抗ったのも、そういう理由からである。現代の口語表現は、どちらの劇を目指して書かれているのか。

俳句を読む楽しみ、あるいはもっと一般的に何かを読む楽しみは、感情移入なしに成立するか。読む（書く）楽しみは、実際には理性の働きと不可分である。したがってそれは、論を組み立てるときの心の働きと本質的に同じである。

だから俳句を読む楽しみに、感情移入は必要ない。（古池の句に感情移入する人は、この句を誤解している。）山本健吉が純粋俳句について書いている事は、ある意味で、この単純な事実の確認である。

ブレヒトはシンパシーを求めたのか。否。むしろ、それを拒否したはずである。山本健吉とブレヒトは、この点で通じあっている。中途半端な共感など、彼らは信じてはいないのである。

Ⅱ　多言語化する俳句

多様性について

The village of Hollywood was planned according to the notion
People in these parts have of heaven. In these parts
They have come to the conclusion that God
Requiring a heaven and a hell, didn't need to
Plan two establishments but
Just one: heaven. It
Serves the unprosperous, unsuccessful
As hell.

かのハリウッド村は、当地の住人たちの天国のアイデアに基づいて計画された。かの地の人々はこう結論した。神は天国と地獄の両方を必要としていたが、二つの別々の圏界を計画する必要がなく、天国ただ一つを計画するだけでよかった。天国は、貧しいものや不成功者には、地獄にほかならない。

(Poems 380; GBA 12:115)

現在のロサンジェルス市内にあるハリウッドは映画のメッカというだけでなく、アメリカ有数の富裕地域であり、隣接するビバリーヒルズには桁違いの豪邸が立ち並ぶ。第二次大戦中にブレヒトは、アメリカの富と産業の象徴とも言えるこの地区の近隣に移住し、戦中から戦後にかけて亡命生活を送っている。

この詩の二重イメージに端的に現れているように、一つの同じ現実は受け手の主観的立場によって何重にも異なる作用をもたらす。ナイーブな客観写生論がほとんどつねに見落としているのは、このような現実の多様性であり、それに対応する個々の書き手の身体的個性である。「本意」を重視する人々は、天国は天国であるとあくまで主張する。しかし、どうしてもそれを天国と見る事ができない立場にいる大勢の他者がいる事に気づいていない。（それは、場合によってはある種のニヒリズムをすら生んでしまう。）のみならず、それら大勢が見ている世界を、知らず知らずのうちに捨象してしまっている。むろんブレヒトは俳句の季語について語った訳ではないが、しかし彼が見ている問題は同じである。

一時期もてはやされた「風土性」の論議も、しばしば同じような陥穽に陥る事がある。「風土」とは、何か。だれにとっての、どのような風土か。またそれは、地獄を見るものにとっての、天国の表象になってはいないか。たとえば佐藤鬼房を単純に東北の「風土」を表現する俳人であると定義してしまうと、まさにその定義によって「鬼房」は一つの暴力になってしまう。実際には逆に、そのような「風土」を否定するための手段として、鬼房を読むべきではないか。

東北で大きな地震があったとき、従来の季語の世界が破壊されたかのように論じられた事がである。しかし、震災が何かを破壊したと考えるのは、大きな誤解である。実は、今まで見えていなかったものが、一時的にせよ、はっきりと現れたという事にすぎない。ハリウッドを天国と信じて疑わなかった人々は、ときにそれが「破壊される」という幻想をみる事があるかもしれない。しかし、実際には何も破壊されてはいない。大勢の他者（ブレヒトの言う「貧しいもの」や「不成功者」）には、同じ一つの現実に他ならないからである。

ところで現在、俳句は多くの言語で読まれ、そして作られている。俳句が多言語化するとき（あるいは日本や日本語という限られた文脈を離れて受容されるとき）にも、これと同じ事が起きていると考えられる。ある者はそれによって何かが破壊される（あるいは少なくとも変わりつつある）と思うかもしれないし、あるいは他の者は逆に天国の何がしかが他の誰かにたしかに伝わったと誤解するかもしれない。しかし、それらはどちらも、ある本質的な洞察に欠けている。これらの誤解が生じるのは、天国という表象が取りも直さず一つの制度であり、一つの歴史的なフォルムである事を忘れているからである。この点で、ハリウッドが映画産業のメッカであるというのは象徴的な事実である。ハリウッドのみならず、映画という圏域そのものが一つのフィクションである。

ちょうど震災があらわにしたものを、多言語化された俳句は逆の側面から明らかにしてくれる。

歴史の中の多様性は、その大部分が知り得ないままに忘れられて行く。すでに震災後の混乱が明らかにしたように、あの地震が起きなければ見えなかった何かがある事は確かである。しかし、もっと重要なのは、垣間見えたその何かが、実際には途方もなく大きな氷山の一角にすぎないという事である。見えないもの、知り得ないものは無数に無尽蔵にある。それらの一部が垣間見えたからといって、それが歴史という不可知の全てではない。

ブレヒトは、現在の俳句のある重要な側面を否定するだろう。彼が見ていたのは、現実の多様性に他ならない。私がこの本で論じる様々な主題は、そのような多様性を追求するための一つの方便であるにすぎない。

参考文献

Poems, 1913-1956, Bertolt Brecht. Methuen, 1976.（日本語訳は英語版テキストからの拙訳である。）

世界俳句／国際俳句というパズル

英語圏でのブライスやフランス語圏のイマジズムなどの例に言及するまでもなく、俳句はその短い歴史を通じて各国各文化で独特の受容のされ方をしてきた。今は、それらが国際俳句や世界俳句という名で総括して語られることが多い。前世紀以降のそうした歴史的な経緯を考えると、現代俳句の古典として、芭蕉や虚子や草田男といった名と並んで、ブライス、ヒギンズやパウンドの名を挙げることもあるいは可能であろう。しかし、世界俳句や国際俳句という用語がいつごろから使われだしたのか、また実際にいつごろからはじまったのかは別にしても、その現代的な展開はきわめて多様で、かつ無秩序的でさえある。そこには、当然いくつかの固有の問題がある。一つは俳句実作の面で、言語や文化が違うと驚くほどその内容や方法がかわってくる。もう一つは、それぞれの俳句観や評価がとても多彩で、日本の伝統的な俳句観が必ずしも通用しない。こうした諸外国語で書かれ読まれている俳句をどう評価し、歴史的にどう位置づけるかは簡単な問題ではない。世界俳句をめぐる状況は、実際には混然としているのである。

しかし、逆にいえばそうした混然とした状態だからこそ面白いのだとも言えるだろう。答えがはじめから分かっているパズルほど、つまらないものはない。大事なことは、むしろパズルの複雑さを正しく理解しまた享受することであり、さらにそうした複雑なプロセスそのものを肯定することなのである。

いくつか例を挙げよう。世界俳句協会（WHA）は、二〇〇〇年以来ほぼ隔年で世界大会を開催している。これは、ヨーロッパ、アジア、アメリカなど世界各国の詩人俳人達が集まる大規模なイベントで、第四回のWHA大会は日本の明治大学及び上野の水月ホテル鷗外荘で行われた。私は、三回目の参加であったが、参加のたびにまったくちがった発見がある。たとえば、前述のようにその二日目の俳句朗読会で、インドから参加したバス（Basu）氏は、They believe／They don't believe／They believe という句を朗読している。（朗読会なので、誤記脱字の可能性もあるが、そのさいの文責は宇井にある。）日本であれば評価がわかれるところだろうが、believe という語を宗教的な意味に解釈すると面白い句である。こういう俳句は、世界俳句大会という場ではむしろ積極的に評価されることがある。言葉の垣根を越えると、言葉のニュアンスが伝達されないので、しばしば俳句は言葉に頼るよりも概念に頼ろうとする。（英語圏の俳句では、ときにこうした傾向がみられる。）バス氏の句は、日本ではそもそも俳句とは呼ばれないだろうし、あるいは即刻添削されて直されてしまうだろう。しかし、世界俳句という場では逆に妙に印象に残るのである。こういう概念的あるいは抽象的な作品は、言葉の壁をつねに意識せざるをえない状況だからこそ理解されやすい。
意味を指向し概念の伝達性を主旨とする上のような俳句がある一方で、それとは逆に、意味を解体し言語のいわば物質的な特性を活用するような俳句も存在する。同日の朗読会では、阿部完市氏も自作を四句朗読されたが、その中ではやはり氏の代表句である次の句が印象に残った。

ローソクもつてみんなはなれてゆきむほん

翻訳は、ほぼ不可能。もちろん表面上対語訳の翻訳は可能だろうが、それではこの句の面白さは伝わらない。しかし、「ローソクもつて」と阿部氏が朗読しはじめたとたん、私は、句の残りの部分が口をついて自然に出てきてしまった。おそらく会場にいたほかの方々もそうだっただろう。この句の魅力は、ポエジーというのともちがう。滑稽や諧謔でもない。作者がそういう意図でつくったかどうかは別として、まるで謡うような俳句、前世紀はじめのフランスの自動書記の詩法にも近いつくりの俳句である。はやりの批評用語でいえば、身体性といってもいいだろう。しかし、この句の魅力を、たとえば日本語を解しない海外からのゲストにどう説明したらいいだろうか。バス氏の俳句の概念性とは逆に、この句の伝わりにくさもまた不思議と印象に残るのである。

むろんこうした実例は、世界中で作られている俳句の諸傾向を示すほんの一部である。世界俳句の実像は、これよりはるかに多様であって、私の解説は、単にそれを一つの切り口で切って単純化してみせたものであるにすぎない。俳句の国際化というものが今後どのような形で進展するにしろ、世界俳句の実際は、どこでどのような俳句に遭遇するかも予測できないそうしたカオティックな混淆にこそ魅力があるとも言いえるだろう。当日の朗読された俳句は、あまりに多数におよぶためとてもここで紹介はできないが、世界大会の雰囲気をすこしでも感じてもらうため、『世界俳句2007』からさらに数句（スペースの関係で和訳のみ、敬称略）引用してみよう。（外国語俳句の翻訳はかならずしも五七五になっていないので、あるいは日本語では奇異に感じられるかもしれないが、あえてそのまま引用する。その方が大会の雰囲気がそのまま伝わるようにおもわれるからである。）

湖のかなた／大地は幸福そうだ／人々は戦争　カジミーロドブリトー（ポルトガル）
長旅／地図の／最後のひとめくり　ジムケイシャン（アメリカ）
小さい白花／花びらに／銀河を溶かした　ジャンアントニーニ（フランス）
海いっぱいの太陽／黄金ビーチに／老魚寝る　スチュンチョクト（内モンゴル）
夜のあいだ霜／風景を書き直す／自由自在に　コルネリウスプラテリス（リトアニア）
雪の結晶／心とからだ／別ならず　ジャックガルミッツ（アメリカ）

光と影の境に剣ずらりと剣　夏石番矢（日本）
風を嚙む波のたてがみ冬銀河　秋尾　敏（日本）
啄木鳥やこころの空の水たまり　湊　圭史（日本）

思索的な句、批評性を特徴とする俳句、抽象的な句、具象性に富んだ句など多種多様であるが、総じて海外の詩人俳人の俳句は、句柄が大きく、表現が繊細にみえるものでも発想は骨太なものが多い。一句目、カジミーロブリトー氏は、ポルトガル現代詩の大御所である。引用句の批評性は、加藤楸邨の「死なば野分生きてゐしかば争へり」の句を想起させる。ジムケイシャン氏の原句は、むろん英語であるが、俳句の古典的な技法を自在に駆使しているようにみえる。フランスのアントニーニ氏の句は、いかにもフランス詩らしい愛誦的なウィットの句である。内モンゴルのスチュンチョクト氏の句、内モンゴルには海がないことを考えれば、一種の諧謔の句とも読める。来日講演が実現したリトアニアの著名詩人プラテリス氏の句は、あるいは、アントニーニ氏の句と似ているとも言えるだろう。これも俳句の古典的な技法を利用しながら、独特の風景を画きだしている。とりわけ興味深いのは、ジャックガルミッツ氏の句で、この句には切れの構造が見てとれる。切れを含んだ俳句は、世界俳句ではやや例外的なもので、多くの海外俳人は、日本の俳人とちがって、切れの作句技法をあまり用いない。掲出句、上五と中七下五の間をどう関係づけるかは、むしろ読者の想像力あるいは論理性にゆだねられている。

これに続く日本の各俳人の俳句は、どれも比較的明快な句で、解説の必要はあまりないだろう。中でも湊圭史は現代詩人の一人。その圭史の掲出句が、ほかのだれよりも俳句の骨法に忠実であるようにみえる（本人は否定するだろうが）のは面白い。

私はここまであえてそれに触れずにきたが、世界俳句／国際俳句をめぐるもう一つの重要な主題に、俳句の翻訳という問題がある。さきに言及したバス氏と阿部完市氏の俳句にしても、その意味性と身体性の程度は、それぞれの句の翻訳可能性と表裏一体である。また、『世界俳句2007』から引用した俳句を全体として見てみると、総じて翻訳の問題が比較的生じにくいような主題性の明確な句が多いことにあらためて気がつく。翻訳の問題は、単に言語だけの問題ではなく、それぞれの俳句／俳人のテーマ性、あるいは詩的方法論、表現技法の問題と切り離せない。

しかし、一般的には、翻訳とは「言語（理解）能力」の問題と考えられている。だから当該言語を読むことができさえすれば、あとは機械的な置換操作によって翻訳は成立すると思われがちである。そこには、ある言語がほかの言語に必ず翻訳可能であるという暗黙の前提があるのだろうが、実際やってみるとわかるように、そんな保証はどこにもない。（我々は、言語とは独立な意味というものがあって、それを言語が表象しているだけだと考えてしまうけれど、言語と意味との関係はもっとずっと込み入っている。）要するに、翻訳可能性というのは、我々がコミュニケーションの便宜上つくりだしたフィクションにすぎないのである。

もちろん私はしばしば自分の俳句を英訳とともに発表しているけれど、だからといって、自分の俳句が簡単に翻訳可能であるとは考えていない。「詩とはその言語における翻訳不可能な部分の総体である」という有名な定義があるくらいで、詩のテキストはもともと翻訳に適さない。俳句の翻訳に限ってみても、はっきりと成功している翻訳はむしろまれであり、しかもそういう場合には、翻訳はしばしば原文と別個のテキストとして成立していることが多い。自作の英訳の場合、私は「英訳する」ことをあきらめて、最初から英語で（同じ主題性をもった）別の俳句をつくることにしている。そのほうがずっとうまくいく場合が少なくないからである。

言いかえると、国際俳句／世界俳句の現場においては、誤解もまた翻訳可能性の範疇に含まれる。私はさきに、バス氏やブリトー氏やガルミッツ氏などの句を、あたかも正確に理解しているように解説してみせたけれど、そうした解説そのものが、誤解の集積でもありうることにつねに注意すべきである。言語の垣根を越えると、我々の内面の自明性は失われて、かわりに多様な意味の混淆が現れる。いわゆる国際俳句／世界俳句の価値と可能性は、そうした雑多な思考の混淆を、どの程度肯定できるかにかかっている。

俳句の多言語化とその無秩序の行方――フルガー、バス、鈴木六林男

大きな傾向として俳句の歴史を捉えてみると、二十世紀の最後の数十年は、俳句が俳句の俳句らしさ、固有性を追求し、その固有性あるいは伝統性のなかに価値をみとめた時代であった。（以前、私はそれを「俳句が俳句であることを容認する」世代であり、「小さな俳句」の時代であると形容したことがある。）その状況は、現在もつづいているといってよいだろう。あるいは、評論的なレベルでみると、それは滑稽論、座の文芸論、季語論といった新古典派的な問題圏の台頭としてあらわれている。そして、見方を変えると、それらはそのまま俳句における新しい地平、可能性のあらわれそのものでもある。つまり、二十一世紀俳句のアヴァンギャルドはもはやいわゆる「前衛俳句」ではない、それはむしろいわゆる「伝統俳句」といわれるもののなかにあるともいえる。「前衛俳句」が文字通りの前衛性をその運動の本質としていたなら、時代が変わったくらいでこれほど変質してしまうはずがなかったであろう。その意味では、前衛俳句は、かつて一度も存在しなかったとさえいえるだろう。そこにあったのは、前衛俳句の名をかりたなにものかであり、あるいはそれは前衛俳句にも伝統俳句にもなりえなかったものである。つまり、それらは前衛（アヴァンギャルド）でありえなかったどころか、そもそも俳句にすらなっ

ていなかったということもできるだろう。それゆえ、ある時代の雰囲気がすぎさると、それらは急速に衰退していったのである。

しかし、本当にそうか。いわゆる「前衛俳句」の作品群は、それほど価値のない、し、ろ、も、の、であったのだろうか。もはや読まれることもなくなった「前衛俳句」、忘却されつつあるその俳句作品をよみかえすとき、我々が答えなければならないのはそういう質問である。ある種類の作品というものは、それが読まれなくなったからこそ、あるいは歴史の表舞台から消えさってしまったからこそ、逆に普遍的な問題を提起することがある。今からふりかえると、「前衛俳句」とは、まさにそういう現象であったということができる。

同時代的な問題としてみると、この同じ数十年は、俳句が国境を越えて多言語化し、遍在化していった時代であったともいえるだろう。しかし、ブライスやパウンドといった古典的な実例とは別に、多言語俳句の現代的な展開はきわめて多様で、かつ無秩序的でさえある。我々の（日本語での）俳句観が、個々の俳人の作品傾向を越えて意外なほど共通していられるのは、なによりも我々が日本語でかかれた過去のおおくの俳句作品を知っており、そうした共通の作品理解にもとづいて俳句を考えているからである。俳句観とは、過去の記憶の集積であるにすぎない。しかし、数十カ国語で書かれつつある世界俳句／国際俳句の書き手たちに、そうした前提を要求することは不可能である。つまり、多言語化した俳句の実際は、我々の予想を大きく越えて変貌していかざるをえない。しかも、それは、日本語的な俳句の限界をまるで問題にしないスピードで進展する可能性がある。たとえば、再び『世界俳句２００７』に掲載された俳句から、無作為に一句を紹介してみよう。

無限／それから水平線に／釣り船　Paul Pfleuger, Jr.（台湾、アメリカ）

これは俳句ではない、と言いはるのは簡単である。しかしそれは、我々の慣れしたしんでいる日本語のなかでしか通用しない論法である。俳句の多言語化を肯定するかぎり、それを評価すると否とにかかわらず、我々はこうした状況にかかわっていかざるをえないのである。

技法的にいうと、たしかにやや洗練されておらず、この句自体はかならずしも秀逸とはいえないかもしれない。しかし、初句でいきなり「無限」と言いきるその表現の奇抜さは、不思議なあたらしさを感じさせる。この句の基本構造は、あまりに平準化され矮小化されすぎたきらいのある現代俳句の平均的な文体と比べると、あきらかに異質であり、それゆえ我々にとって新鮮にみえるのである。しかし、そのような表現構造そのものについての実験や試行錯誤は、実は、かつて俳句がもっと俳句らしかった時代には、それほど例外的ではなかった。「かつて」といっても、それほど昔のことではなく、せいぜい数十年前のことである。鈴木六林男の新しい全句集が刊行されたが、その中に次のような句がある。

鰐トナリ原子爆弾ノ日ノ少女　　鈴木六林男

俳句の表現の中で、カタカナ表記がこれほど効果的に使われている例もあまりないであろう。原爆に被爆した少女が、その日をさかいに鰐に形をかえていきのこったという句意である。虚構であるが、その虚構によって、爆心地を見すえた凄惨な心象を描写することに成功している。しかし、私が注目したいのは、この句の解釈そのものではない。この句における表現が成功しているかどうかを別にして、その表現の基本的性格が、さきほどのPaul Pfleugerの句のそれと不思議に似ていることに注意したいのである。この両者は、少なくともこれらの句に関していえば、俳句における俳句らしさというものにあまりとらわれていない。さらにいえば、彼らがそれぞれその俳句表現を選択していく過程で、俳句という概念そのものは自明なものと理解されていないともいえる。六林男の多くの作品が、現在標準的な俳句の表現構造と比較してもっとも顕著にちがっているのは、何よりもこうした作句態度であろう。六林男は、平準な俳句表現の手法をとらず、ときに新奇な表現手法を採用する。たしかに、彼がそうせざるをないのは、あるいはその主題の要請によるものであるという面があるだろう。戦地の極限的な状況をくぐってきた体験から、その俳句はそうした極限状況をめぐって展開されなければならず、それゆえ六林男においては非定型的な表現がしばしば多用されるのかもしれない。しかし、そうした六林男解釈にはおのずと限界がある。同じく戦争を主題にしていながら凡庸な俳句はたくさんあるのだから、主題の要請のみで鈴木六林男の特異性を説明することはできない。いずれにしろ注意すべきことは、六林男や他の俳人たちが活動していたその当時の俳句状況は、多言語化する俳句の現在と意外に似ているように思えることである。

たとえば、現代俳人のおおくが強調する俳句の技法的特徴のひとつに、切れという概念がある。ところが、多言語俳句の書き手たちのほとんどは、切れの意味をよく知らない。知っていても、それをさほど有効な技法だとは認識していない。だから、国際俳句の現場で、それが議論の話題になることはほとんどない。そういう状況にあって、切れは俳句の本質であり、それゆえ欠くべからざるものであると観念的に主張するだけでは、議論が成立しないし、そもそもあまり生産的ではないだろう。むしろ、なぜ、どういう利点で、日本語俳句においてことさらに切れの効用が強調されるのか、という質問をした方が、はるかに意味がある。一例として、前述の世界俳句大会で朗読された次の俳句をもう一度みてみよう。

彼らは信じる／彼らは信じない／彼らは信じる　Basu（インド）

むろんこの句の構造は、日本語俳句の典型的な構造とはかなり違っている。切れについてみると、切れがないといえばないし、あるといえば全句が切れているともいえるだろう。だから、この句は俳句の基本ができていない、これは俳句ではないというのは簡単であろうが、あまり実際的ではない。というのも、そのような批判がこの俳句の主題を捉えているとは考えにくいからである。インドという国家における複雑な宗教的状況とそのような状況下での信仰というものの意味を考えるとすれば、この句はたしかに評価されるべき側面がある。というよりも、作品評価において、いつもそのように発想の転換をせざるをえないこと、その事実そのものが、多言語化する俳句の現在の状況をそのまま明らかにしているといえるのである。

日本語の現代俳句も、こうした多言語化という状況とともに、変化していかざるをえない。たとえば、鷹羽狩行の俳句の英訳がふらんす堂から出版されているが、私は実はこの本を在外の書店ではじめて読み、新鮮な印象をおぼえた。

デンマーク　人魚の像　The Little Mermaid, Denmark

明易く姫が人魚に戻る刻　（一九九四）

summer dawns early—
the hour when the princess
becomes a mermaid again

イギリス　The United Kingdom

噴水や人より多き鳥の恋　（一九九五）

a fountain—
more than the people,
the mating birds

こうした海外詠の成果も、俳句が多言語化している現況での重要な副産物のひとつである。鷹羽狩行の場合、国境を越えることで、その独特の叙情性が、より現代的な性格を獲得しているともいえる。むろん、こうした叙情的な文体は、ふりかえってみればすでに数十年前から狩行の俳句のなかに観察されるのであるが、しかし、それをとりわけ明瞭にさせているのがここではその英訳の効果であり、また俳句の多言語化という文脈であることに注意すべきであろう。多言語俳句の時代は、より大きな文脈として、日本語で書かれた俳句の評価そのものにも影響を与える可能性もあるということである。

私はさきほど、いわゆる「前衛俳句」は俳句ですらなかったと述べたが、そのことの意味は、多言語化する俳句の現在を念頭におけば、より明らかになるだろう。すでに書かれたものを肯定する態度、俳句が俳句であることに価値を認める傾向は、かつての「前衛俳句」の時代にも同様に見いだすことができる。それは、すでに本質的に予定調和的な思考であって、さきに述べた新古典派的な問題圏と基本的になんら異なるものではない。

しかし不思議なことに鈴木六林男の俳句作品には、そうした予定調和的な思考があまりみられない。いいかえると、六林男は単なる前衛俳人ではなかったということである。要するに彼の俳句は、狭義の前衛俳句的文体や文脈によって成立するものではなく、それよりもずっとより広い普遍性をめざして書かれている。その成功句は、数としては多くはないが、戦後の俳句実験における重要な成果であるということができるだろう。

何をしていた蛇が卵を呑み込むとき

すでに引用した『一九九九年九月』（一九九九年）所収の一句である。六林男にとって「蛇が卵を呑み込む」のはなにかの暗喩であったかもしれないが、読者としてはそうした作者の事情に拘泥する必要はないだろう。この句は、作者をはなれても十分鑑賞にたる普遍性をそなえている。「何をしていた」という疑問形は、他者を詰問するものというよりも、自省の言葉と解したほうがよい。「蛇が卵を呑み込む」という象徴的な描写は、単なる比喩ではなく、もっと切迫した直截的なイメージとして作用している。六林男の成功句には、このように印象が鮮明で凄みを感じさせる句が多い。

殺された者の視野から我等も消え
生れてすぐ猫の子として闇を見る

戦死した戦友の視点から書かれた第二句、小動物の視点から書かれた第三句ともに、六林男の独特の俳句文体はしばしば忘れがたい印象を残す。いわゆる「前衛俳句」の歴史のなかには、今からふりかえって、その書かれた文体の独自性によって特徴づけられる何人かの作家たちがいる。たとえば、林田紀音夫の独特のモダニズムがそうであるし、佐藤鬼房の荒涼とした原風景がそうである。六林男の俳句もまた、そうした時代の文体的成果のとりわけ印象的な一例である。いいかえると、六林男の俳句は、その実験性において時代をこえた普遍性をもっており、それゆえすでに俳句の古典になりえているということである。つまり、ひとつの明確な文体（スタイル）を確立したのである。鈴木六林男は、これまでどちらかといえばその社会性や戦争のテーマ性とともに語られてきたのだが、むしろこうした文体的実験の成果として評価されるべきである。

言葉ありまた末枯をさずかりし
麦踏の遠き背後をわが通る
放射能雨むしろ明るし雑草と雀

私は、いわゆる前衛俳人のひとりとして鈴木六林男を評価しない。いわゆるかつての「前衛俳句」のもたらした功罪のうち重要なものは、まるで俳句の表現が、ある特定の固定化された「前衛性」（ないし「社会性」）と、それと対比される固定化された「伝統性」とに二分されるかのような幻想を生んだことである。実際には、俳句の新興性は、そのような表面的な分類とはまるで無関係に、個々の作家の良心とともに成立している。というより、そのような固定化された俳句観は、俳句が本来もっているその運動性（というものがもしあるとすれば）とはまるで対極にある精神態度なのである。前衛性というのは、本体固定したスタイルではないはずである。ある詩型ないしジャンルを、すでに書かれたもの（既知）としてではなく、これから書かれるべきもの（未知）として捉える、そういう精神性そのものがその時代時代の新興性を構成するといったほうがよい。

だから、鈴木六林男を「社会性」や「前衛俳句」の名のもとにカテゴライズすることは、その可能性を過小評価することである。また、それゆえ、我々が現在多言語化しつつある俳句の実際にふれるとき、我々は実は鈴木六林男の可能性と同じ視点に立って、俳句のアヴァンギャルドを思考しているといえる。そうした思考様式を可能にする歴史的土壌を用意したこと、その事実そのものが、もはや読まれなくなった「前衛俳句」、語られることもなくなったその作品群が歴史にのこした、おそらくは少なくない遺産の一部である。

主要参考文献一覧

英訳鷹羽狩行句集『Selected Haiku』Hoshino Tsunehiko & Adrian Pinnington 翻訳（ふらんす堂　二〇〇三年）
「世界俳句　第3号（2007）」世界俳句協会編（七月堂　二〇〇七年）

『鈴木六林男』俳句文庫　対談村上護　解説久保純夫（春陽堂書店　一九九三年）
『鈴木六林男全句集』　全句集刊行委員会（二〇〇八年）

オーストラリア誌コルダイトポエトリーレビューにおける俳句特集について

1

コルダイトポエトリーレビュー（Cordite Poetry Review）は、現在インターネットベースで年二回発行されているオーストラリアの詩雑誌である。日本ではあまり知られていないが、オーストラリア政府の Australia Council for the Arts の後援で発行されているので、同国ではかなり格式の高い雑誌である。国際的にも知名度があり、海外からのアクセスもかなりあるらしい。そのコルダイトが、haikunaut と題して、日本の現役世代の俳人を紹介する俳句特集を掲載している。特集の主な目的は、芭蕉や一茶といった古典俳句の世界ではなく、現在進行形の日本の俳句を紹介することにあるというから、かなり野心的な試みであるといっていいだろう。

二〇〇九年二月第二週から順次掲載が開始され、ゲスト編集人の一人である湊圭史による Notes on Modern Haiku（現代俳句についてのノート）という概論と、九人の日本の現代俳人の作品（ひとり五句とその英訳）とが収録されている。紹介される俳人のほとんどが当時三十代以下というのにも驚かされるが、英訳が丁寧でかつ良質であることも特筆されるべきであろう。

さらに同号には、ジム・ケイシャンやデビッド・ラヌーなど九人の海外俳人の作品も掲載されているほか、参加者をつのって連歌をまく試みもあるという。
また、湊の文章は、新興俳句から人間探求派さらには鷹女、多佳子、立子などの女性俳人にも目を配りながら、戦後の前衛俳句運動やさらにはその後の攝津幸彦や現代俳句にまで言及している。これも、英語圏への俳句紹介としては、画期的なものであるといえるだろう。引用される俳句は、すべて原文と、ローマ字表記、さらに丁寧な英訳が付されている。文中に引用されている俳句とその英訳を、いくつか紹介してみよう。

秋の暮大魚の骨を海が引く　SAITÔ Sanki（西東三鬼）

Aki no kure / Taigyo no hone wo / umi ga hiku

Late autumn —
the ocean tugs the bones
of a giant fish

銃後といふ不思議な町を丘で見た　WATANABE Hakusen（渡邊白泉）

Jûgo to iu / fushigina machi wo / oka de mita

I saw a strange town
called the civilian front

upon a hill

くらやみへ　くらやみへ　卵ころがりぬ

Kurayami e / kurayami e / tamago korogarinu

Into the dark
into the dark
an egg rolls

TOMIZAWA Kakio（富澤赤黄男）

手の薔薇に蜂来れば我王の如し

Te no bara ni / hachi kureba ware / ô no gotoshi

When a bee comes
to the rose in my hand
I am like a king

NAKAMURA Kusatao（中村草田男）

蟻の顔に口ありて声充満す

Ari no kao ni / kuchi arite koe / jûman su

The ant's face
has a mouth filled up

KATÔ Shûson（加藤楸邨）

これらの句では少しわかりにくいかもしれないが、日本語の俳句を外国語で紹介する場合、とくに原文と英訳のバランスが問題となる。英訳することで日本語の場合よりよくみえる俳句がある一方で、原文ではすぐれていても英訳ではどうしてもその効果が伝わらないものもある。これらの句についていえば、富澤赤黄男の句など英訳がうまく原句の魅力をひきだしているが、白泉や草田男の句などは日本語でなければなかなか伝わらないであろう。選句をする場合には、こうした原文と英訳のバランスを勘案して選句する必要がでてくる。翻訳される言語上での作品の表現力を考慮して選句しないと、翻訳も失敗に終わるのである。つまり、翻訳はそのまま創作であるしかないということである。

今はまだ、日本の現代俳句がそのまま同時的に海外でも読まれるという状況ではないかもしれないが、インターネットの普及とともに俳句とhaikuとの距離がやがてなくなっていくであろうこともたしかである。コルダイトの特集のような俳句紹介は、今後もおこなわれていくだろう。

俳句特集Haikunautは、http://www.cordite.org.au/haikunaut、またコルダイトポエトリーレビューはhttp://www.cordite.org.auである。どちらももちろん無料でアクセスでき、オーストラリアの現代詩をたのしむことができる。

2

ところで、俳句の今後を考えるときに、こうした海外での俳句紹介や作句のこころみは大きな意味をもっている。というのも、実はそうした世界化の帰結が、日本語での俳句観そのものにもかかわってくるからである。我々の（日本語での）俳句観が、今でも系統を越えて意外なほど共通しているのは、過去の多くの（日本語）俳句作品についての理解を共有しているからである。しかし、日本と日本語という前提を離れてしまえば、そのような俳句理解はもはや意味を成さない。そこではもはや俳句は「俳句」ではなくなっている。そのことを考えるとき、今回のコルダイトの特集は、もっと大きな意味をもつことになるかもしれない。

たとえば、さきほどの赤黄男の「卵」の句を思いだしてみると、この句の構造は、むしろその英訳においてこそ、特徴的に明瞭になっている。一行で書かれた原句よりも、英文の多行を生かした翻訳句のほうが、一見して句意が明確である。それは、訳者の手柄でもある。赤黄男の独創性は、その原句においてよりも、翻訳において、より明瞭にあらわれる場合が比較的多いことは、ある意味で驚くべきことである。

しかし、我々の俳句観を大きく変えてしまうかもしれないこうした多言語化という現況は、しかしそのことによって逆に、俳句というものの性格を明瞭に示しているとかんがえることもできる。俳句は短いから、本質的に自由であり、それゆえ、その表現性は、いつもそれ自身を再定義し乗りこえていく不思議な運動性を内包している。ところがどういう訳か、その長くない歴史のなかで、このような俳句表現の本質があらわれた時期はさほどおおくはない。俳句の言語表現は、その歴史の大部分において、時代時代の状況のなかにその本質的な性格を忘却してきたともいえる。その歴史は、端的にいえば、予定調和的な忘却の歴史であったとみることができる。そしてこれは、いわゆる有季定型であれ無季であれ、あるいは伝統俳句であれ前衛系であれ、同様に観察されるありふれた歴史的事実である。かつてのいわゆる「前衛俳句」が、時代とともに急速に制度化し、もうひとつの予定調和におちいってしまったのも、同じ病理の裏面である。

ところで、前述のように、私が阿部完市という俳人とその作品にはじめて接したのも、こうした俳句の多言語化というコンテクストにおいてである。私が阿部氏にはじめて会ったのは、天理でおこなわれた世界俳句協会大会のたしか二日目のディスカッションのときであった。会のあとで氏とずいぶんと長い立ち話をしたのをおぼえている。私の記憶にのこっているところでは、阿部氏の視点はきわめて明快でしかも正確であり、私はその巨視的な俳句観に大いに刺激をうけた。しかし、そのときは、私は阿部完市作品についてさほど知っていた訳ではない。その作品に具体的にふれるようになったのは、四年後の世界俳句協会の東京大会において再会してからである。

せいたかしぎそのきりきりとして唱え　　（『軽のやまめ』一九九一）

そらまめそらまめこれからわすれものをする　　（『地動説』二〇〇四）

どちらも既出であるが、完市俳句の面白さは一つには第二句にみえるような独特のユーモアと奇妙なナンセンスにある。「そらまめそらまめ」という呪文のような初句が、いつのまにかだれかにわすれものをさせているかのような不思議な俳句であるが、この不可思議さこそがほかのだれにも真似のできない阿部完市の文体的個性である。「ナンセンス」と書いたが、まさにその文字通りの意味での無意味さにおいて、彼の作品は成立している。

阿部完市の俳句作品は、いわゆる「前衛俳句」のひとつの典型であると同時に、「前衛俳句」そのものを越えていたという面がたしかにある。その意味で、阿部完市を歴史的な「前衛俳句」と同一視することはあきらかな誤りであろう。阿部完市の俳句文体を大きく特徴づける心地よい無意味さは、単なる「前衛」であることから、奇妙に自由である。その自在さは、ひとつにはその巧妙な韻律の表現効果によるものであろうが、より大きな文脈の中で考えると、それは阿部完市の俳句観のたしかさに由来するものであるともいえる。阿部完市の独特のスタイルの底流には、俳句というフォルムの深層にある不定形な意識や歴史の多様性への関心がある。そしてそれは、阿部完市が海外俳句に寄せていた関心のたかさと無関係ではない。つまり、さきほど六林男やPfleugerについて述べたのと同じ意味で、俳句という概念そのものの自明性がなくなってしまうような視点から、完市の俳句は書かれている。そうした自明性を消去した視点から、阿部完市に独特の心地よさと伝わりにくさが、その言語表現の両面として分ちがたく成立している。

阿部完市が活動した時代は、戦後の俳句においていわゆる「伝統俳句」という理念が明確に成立し、俳句の概念そのものをあらたに規定しはじめた時期であった。（現在いわれるところの「伝統俳句」というカテゴリーが成立したのは、それほどふるいことではなく、能村登四郎や飯田龍太の時代になってからである。）すこしおくれて、短歌の世界では、「ニューウェーブ」といわれる一群の作品が、一九八〇年代後半以降の短歌の表現史をがらりと転換していった。一見無関係ともみえるこの二つの現象がどのように関連しているのか（あるいは、していないのか）を考えていくと、そこからいくつか重要な問題につきあたる可能性がある。（少なくとも、その歴史的な同時性からみて、二つの間になんらかの関連性があることは十分に考えられる。）それについて論じることは他稿に譲るが、ともかく、阿部完市の晩年における定型詩の状況は、彼が俳句を作りはじめた頃とは大きく変わってしまっていたのである。阿部完市が戦後の俳句史における巨星であったことは間違いないであろうが、同時にその作品は、時代の状況からは奇妙に孤立していたことになる。私はしばしば、阿部完市の作品を、現代俳句におけるひとつの大きな鉱脈に喩えることがある。しかし、鉱脈としての阿部作品は、それが発見され明確に意識されるまでは地下にねむる鉱物であるにすぎない。阿部完市の全体像が把握され、またその俳句について評価が定まっていくのは、まだこれからのことだろう。

すでにのべたように、阿部完市は、俳句の多言語化という現象にいつもつよい関心をもっていた。その歴史観の正確さは今さらいうまでもないのだが、同時にそうした未知の歴史性への洞察が、阿部完市俳句の作品そのものの中に、しかもそのかなり早い時期から一貫してすでにあらわれていることにも注意すべきである。繰り返すように、俳句表現におけるある種の非正規性、伝達しがたさということを主題としている阿部完市の作品は、その主題性そのものにおいてすでに、さきほど論じたような多言語俳句の現在の状況を、初期から正確に予告していたといえる。

3

俳句フォルムの明晰さや純粋性は、我々が感じるほど安定した形式ではない。例えば、記載的詩歌のリゴリズムがどれほど強く書き手の意識を規定していても、種々の音楽的舞踏的要素は人間の心に繰り返し現れる。のみならず、そのような雑多な歌謡性もまた俳句というフォルムの一部をなしてさえいる。阿部完市の作品群とその多彩な韻律が想起させてくれるのは、つまりは俳句というこの背理の構造そのものである。

俳句について考える事は俳句以後について考える事であるだろう。本書における中心的な主題もまた、この俳句という奇妙な背理についての種々の省察に他ならない。

後書き

俳句というフォルムが結局は一つの偶発性であり、本来決して安定した形態ではないとすれば、それが近代化から百数十年続いてきたという事実は何らかの制度的背景を含意している。偶発性は時代の不誠実さを映す鏡であり、本書はそのような不誠実への違和の感覚から出発している。換言すれば、本書は決して俳句（という制度）を前提として書かれていない。俳句を前提としてそれを研究するのが俳句史の研究であるとすれば、俳句の存在そのものを疑うという俳句の研究もあるであろう。その意味で、本書は（後者の正確な意味での）俳句の研究である。

ある時期まで（具体的には「不可知について」を書く頃まで）の私はほぼ世界俳句／国際俳句のみに関っていて、日本の俳句事情についてはあまり知識がなく、それほど関心もなかった。外国語で書かれた俳句を多く読んできた私にとって、折にふれときどきかいま見る日本の俳句作品は、日常の瑣末な出来事を些末なままに言葉にしているようで、まるで絵空事にしか見えなかったのである。それはまさに「絵に描いたような」架空の世界であり、砂の上の足跡ほどにも私の中に印象を残す事がなかった。何よりもそこには、決して知る事のない何かをすでに知り尽くしているというような、不可思議な過信のようなものが感じられて、その不誠実さが若かった私の気に障ったのである。ある時、その不誠実に対する違和の感覚を整理するために「不可知」というおよそ俳句とは似つかわしくない表題を付した短編を初めて日本語で書いた。どういう経緯でそれを（しかも日本語で）書こうと思い立ったのか今ではもう覚えていないのだが、ともかくそれは運よく公刊される事になった。二〇〇六年の夏、休暇に出発する前の二三日の間に書きあげたこの論がたまたま公表されなければ、私は今でも現代俳句に関る事はなかっただろうし、自身日本語で俳句を書き続けていく事もなかっただろう。

外国での暑い朝に、早朝出発のためのバスを待ちながら原稿を仕上げたときの不思議な感覚は、今でもはっきりと思い出す事ができる。何かを書き終えたという実感も、それがここから様々な事について書いていく出発点になるだろうという予感もあった。実際、ここに収録した諸論の多くは、その骨格はすでにそのときの私の頭の中にあったと言ってよい。そういう経緯から、もう十年以上も以前に最初にこの評論集の話を頂いたとき、最初は集のタイトルもそのまま「不可知について」にしようと考えていた。各論としては不十分なところも多いこの作を敢えて冒頭に置いたのは、そのような事情があったからである。しかし、折につけ種々の主題について求められるままに書きそして考えているうちに、その内容は膨らんでいき、集全体の性格もかなり変わってきた。

とは言え、この小編のみならずここに収録したほぼすべての論があくまで当時の時代状況に対して書かれたものである以上、すでに十数年を経過した今ではその状況にそぐわなくなっている部分も多くある。(例えば本書で取り上げたうちの少なくとも何人かの俳人や歌人については、その後の展開についていずれ改めて論じる必要が出てくるであろう。)また、当時と比較すると、私自身の関心も大きく変化している。さらに言えば、二〇〇六年当時はまだ顕在化していなかった潮流として、その後に登場した何人かの俳人たちの仕事にも、折にふれ勇気づけられた。

当時の「不可知について」についての選評の中に、「俳句とは何かという大きな質問に挑戦している」云々というものがあった。私はそのような質問について書いたつもりは全くなかったし、実はそういう質問にあまり関心もないのだが、いわれてみればこの論をそのように読めるのかもしれないと思った。しかし皮肉なことに、その後の多くの論の中で私はそれに近い問題を扱わざるを得なくなるのである。

ところで、偶々であるがこの本が編まれたのは、日々の外出すらままならない、まるでこの世の終わりのような危機の時期であった。そして潜在的にはそれはまだ継続している。そういう緊迫した状況の中で俳句の終わりについての原稿を取り纏めたのも、何かの符合か縁なのかもしれない。そして、この未曾有の世界的事態が教える事の一つは、人間は人間自身を道具的に造りかえていく存在であるという事である。人間は未知の病原体に対しても、行動変容によって自らを造りかえて環境を造りなしていくのだが、日本という社会では人間が人間自身を造りかえるこの働きは概して弱いように思える。本書で追究してきたフォルムと語りの関係も、部分的にはこの人間と環境の道具的関係に似ている。

この危機の経験を通じて誰の目にも明らかとなったのは、この国の統治機構が様々な制度疲労を来している事（そしてその回復は容易ではない事）であろう。これらの疲弊した制度はしかし、「俳句は俳句である」という自同律の主張と何処かで通じている。つまり、俳句もまた、それらの制度の一つに他ならないのである。

二〇二〇年三月

宇井十間

刊行にあたり

本書は当初二〇二〇年中に出版の予定で準備されたものであったが、後書きにも記した諸々の事情により刊行が大幅に遅れていた。収録した論考は（一部を除いて）二〇〇六年から二〇一〇年前後に書かれたものであり、また出版原稿そのものもその数年後までには実質ほとんど完成していたと記憶している。それ故当然の事ながら、一〇年余を経た現在では既に諸々の状況が変わってしまっている。しかし素材や環境の変化にもかかわらず、本書の枢要をなしている幾つかの考えは私の中で今でも全く変わっていない。

その間、『晶』誌上に長嶺千晶主宰との往復書簡という形で連載をさせていただいたのを初めとして、幾つかの機会を通じて私の考えも当時より大分整理されてきた。とりわけ往復書簡を通じて抽象や想像力について考える機会を得たのは幸運であった。今から考えれば、本書で考察したうちのある部分はこれらの主題に関連していくはずのものであった。
ユヴァル・ノア・ハラリは、我々サピエンスの言語的特徴は見えるものをそのまま写し取る能力では決してないと繰り返し語っている。そうではなく逆に、（彼によれば）見た事も触れた事もないものについて語る言語能力こそが我々を特徴づけている。仮にそのような人間の本性を前提とするならば、俳句というこの偶発性を現在あるその姿とは全く異なる様式で再定義する事は十分に可能なはずである。それをやはり想像力と呼んでもいいであろう。

二〇二三年十二月

宇井十間

著者略歴

宇井十間（うい　とげん）

2006年　「不可知について」により現代俳句評論賞。
2009年　「千年紀」により現代俳句新人賞。
2010年　第一句集『千年紀』。
2011年　『千年紀』により第12回宗左近俳句大賞、
　　　　第2回田中裕明賞候補作品。
2018年　第20回山本健吉評論賞。

「小熊座」「大陸の会」等で活動。

俳句以後の世界　はいくいごのせかい

二〇二四年一〇月二三日　初版発行　二〇二五年三月一五日　二刷

著　者——宇井十間

発行人——山岡喜美子
発行所——ふらんす堂
〒182-0002 東京都調布市仙川町一―一五―三八―二F
電　話——〇三（三三二六）九〇六一　ＦＡＸ〇三（三三二六）六九一九
ホームページ https://furansudo.com/ E-mail info@furansudo.com
振　替——〇〇一七〇―一―一八四一七三
装　幀——和　兎
印刷所——日本ハイコム㈱
製本所——三修紙工㈱
定　価——本体二五〇〇円+税
ISBN978-4-7814-1657-1 C0095 ¥2500E